U0735935

你会遇见最好的自己

遇见全新的自己

追月逐花 著

花山文艺出版社

图书在版编目（CIP）数据

你会遇见最好的自己/追月逐花著. —石家庄:花山文艺出版社，2017.6（2022.1重印）

ISBN 978-7-5511-3394-4

Ⅰ.①你… Ⅱ.①追… Ⅲ.①散文集—中国—当代 Ⅳ. ①I267

中国版本图书馆CIP数据核字（2017）第128410号

书　　名：你会遇见最好的自己
著　　者：追月逐花

责任编辑：梁　瑛
责任校对：温学蕾
美术编辑：胡彤亮
出版发行：花山文艺出版社（邮政编码：050061）
　　　　　（河北省石家庄市友谊北大街330号）
销售热线：0311-88643221/29/31/32/26
传　　真：0311-88643225
印　　刷：三河市华东印刷有限公司
经　　销：新华书店
开　　本：880×1230　1/32
印　　张：9.5
字　　数：260千字
版　　次：2018年3月第1版
　　　　　2022年1月第2次印刷
书　　号：ISBN 978-7-5511-3394-4
定　　价：38.00元

（版权所有　翻印必究・印装有误　负责调换）

目录

记忆消除

从前有位A君，通过辛勤劳动和勤俭节约积累了一些财富。他并没有就此知足，把钱继续投资于有风险，但是获利大的行业，希望能一夜暴富。生活中，有位平凡、淳朴、善良的女孩喜欢他，但是他却爱上了艳丽且爱慕虚荣的女孩，如痴如狂地追求她。

后来，他终于把她追到了手，准备结婚之际，他的生意却遭遇了失败，因为一次金融冲击而血本无归。这位艳丽的女子毫不犹豫地抛弃了他，另嫁他人。A君受不了打击，天天借酒消愁，对生活失去了希望，每天都沉浸在失败的回忆中，在痛苦中打转。

A君的亲人们想尽办法安慰他，劝说他忘记过去、重新开始，却总是徒劳无功。他们没有办法，只好找了位催眠大师，希望把他脑中这块有关失败的记忆抹去。催眠大师做得很成功，A君对自己那段失败的记忆再也没有任何印象，就像他从来没有经历过那些事。

他的家人非常高兴，帮助他重新开始创业。A君通过辛勤劳动和勤俭节约又积累了一笔财富，结果又把钱投入了高风险的产业，又因为一次金融冲击而血本无归。同样，在生活上，他和上次一样追求一个贪慕虚荣的漂亮女人，这个女人同样在他生意失败后抛弃了他。

有时候，彻底忘记失败和痛苦的往事未必是好事，因为它往往包含着人生的经验和教训。如果彻底忘掉，难免会重蹈覆辙。

山脊背后

杰克从小就喜欢各种航海探险的小说，对流落荒岛，奋力求生，最终脱险的小说格外着迷，希望有一天也能当一回这样的英雄。有一次，他获得了一次随商队出海的机会，结果遇上了海难。除了杰克抱着栏杆，被冲上了一个海岛外，商队的其他人都葬身鱼腹。杰克在沙滩上醒来之后，发现自己来到了无人的荒岛，立刻陷入了难以言喻的恐慌——老实说，他曾经无数次地预想过自己来到这样的荒岛后会怎样地大显身手，此时却只感到深深的恐惧和绝望。

不过即便如此，杰克也没有就此放弃。他按着自己在书本上学来的知识，找来大树叶和树枝，靠着树搭上窝棚，钻木取火，在沙滩上寻找所有可吃的东西：被冲上海岸的贝类、小虾、海星……为了生存他甚至还吃过浅海石缝里生长着的海草。

他努力地维持着自己的生命，祈祷有商船经过这个海岛，把他救走。然而没有商船经过，一天没有，两天也没有……等到了第十天的时候，杰克绝望了，决定结束自己的生命。在海岸的背后有一座高山，生长着茂密的树林，地势也很陡。之前杰克一直不敢到山里去，怕里面有什么猛兽或是毒虫。现在他已经决定结束自己的生命，反而想进山去看看，觉得自己至少该看完整个海岛再死。结果，他翻过了山脊，往下眺望，竟然在山脚下发现了一个小村庄。原来，由于山势陡峭，村里的人很少去山那边，这十天里正好也没有一个人过去，所以没人发现在那边辛苦求生的可怜的杰克。

陷入危机的时候，千万不要想当然。如果冷静下来，仔细地看看四周，说不定能得到完全不一样的结论。

爱月亮的猴子

从前有一只猴子，非常喜欢月亮，每天天一黑，就坐到树梢上等着月亮出来。一看到月亮出来，就拼命地往更高的树枝上爬，用尽全力去抓它；当看到月亮的倒影出现在水中的时候，也会伸手去捞。可惜不管它攀上多高的树枝，月亮总是那样遥不可及；不管它如何小心地去捞月亮的倒影，它也总是一触即碎。

猴子长老见它总是做这种徒劳无功的事情，觉得它非常愚鲁，深深地为它感到忧虑，便去找它谈话。

“孩子啊，放弃吧，你是没法得到月亮的。”

“不，”爱月亮的猴子说，“当它在天上的时候，我只是离它不够近，也许我只要再高一点儿，就能摸到它了。当它在水里的时候，也许只要我能再轻一点儿，我就能把它捞起来了。一切都只是因为我还不够努力而已！”

猴子不以为然的态度激怒了猴子长老，也让它对它的未来更加忧虑。于是，猴子长老召开了猴子大会，让所有的猴子来批评和劝说爱月亮的猴子。终于，在全族的围攻下，爱月亮的猴子放弃了。但是，它的生活并没有因此好起来，相反，之后

每天，它都是无精打采的，除了找食物吃，其余时间几乎全是躺着，简直像一个被抽走了灵魂的、空洞的躯壳。

猴子长老这才明白，原来得到月亮这个理想竟然是它生活的支柱。现在它放弃了这个支柱，生活也就随之崩塌了。猴子长老后悔不迭，绞尽脑汁地思考挽回的办法。终于，他想到了一个办法。在一个皎洁的月夜，他用椰子壳盛了一些水，放在爱月亮的猴子面前。爱月亮的猴子笑了，眼中重新焕发出神采——在水里赫然有一个闪闪发亮的小月亮。

爱月亮的猴子围着椰子壳又唱又跳，高兴得不得了。猴子长老很是开心，但依然存有忧虑：等到月亮下山了，倒影消失了，爱月亮的猴子又该怎么办呢？关于这点，其实根本不用担心，爱月亮的猴子有自己的解释。他说："就像天上的月亮在夜幕降临之后才会爬上天际一样，椰子壳里的月亮也只有在夜幕降临之后才能出现。"

有时候一些梦想虽然不切实际，却是追梦人生活的动力。如果你强迫他放弃自己的梦想，可能会让他连生活的动力也一并放弃了。所以，与其强迫他彻底放弃，倒不如选取一个折中的方法。

静　心

从前有个叫阿曼的人，每天都陷于高度的焦虑之中。因为过于焦虑，他吃不好饭，睡不着觉，工作总是出差错，渐渐地连正常的生活都无法维持了。对此，他十分苦恼，向别人求助。那人告诉他："把乱七八糟的杂念都驱逐出脑海，把心静下来。"

于是，阿曼查阅了很多有关如何静心的书籍，给自己放了个大假，去山野，去海边，听音乐，泡温泉，甚至坐禅。但无论他怎么努力，就是无法把心静下来，甚至感觉比以前更加焦虑了。他非常恐慌和失望，向一个哲人求救。哲人听了他的经历后很是诧异："你为什么就是无法静心呢？"

"是啊！"阿曼万般苦恼地说，"我这阵子不知道做了多少努力，每时每刻都在想着把心静下来，可就是没法做到，心里还越来越慌。"

哲人听了后不禁哈哈大笑："你每时每刻都想着要静心，要静心，为了静心而焦虑，怎么可能静得了心呢？"

刻意放松只能适得其反。

老虎与猴子

B君经商多年，事业发展进入了瓶颈阶段。偏偏在这个时候，他遇上了两个生意上的对手，这两个人在商业上都有着卓越的成绩。他对此很是苦恼，庆幸的是，这两位对手还没有联手。于是，他谋算着在他们联合之前，分别将他们打败，但是又不知道该先对谁发起进攻。在他看来，按照现在的形势，应该先对比较弱的一方发起进攻，将他一举击溃，否则等他缓过劲儿之后再和另一个对手联合起来对付他，后果将不堪设想。

于是B君便开始收集有关他们的信息，但是光收集信息的话，根本看不出他们谁强谁弱，于是他想近距离地观察一下他们。正巧，最近有个业内人士召开的派对，邀请大家一起去打高尔夫球，于是他便和一个朋友一起去了。

在派对上，他终于可以近距离地观察他的对手：K君和F君。K君是个看起来精明能干、帅气潇洒的中年人，头发梳得一丝不苟，衣着、鞋子、手表每个细节都尽善尽美，举止十分优雅得体，言谈也十分不俗，球也打得挺好，几乎杆杆进洞。而F君是个胖胖的中年人，衣着很随意，喜欢跟人开玩笑，说的也基本都是些可有可无的废话，球也只是乱打，只有一杆完美进洞。B君观察完他们之后，心里已经有了答案，在这两个人之中，K君比较强。他问朋友："是不是得出了和我一样的结论？"朋友的答案却恰恰和他相反："不，我觉得F君比较强。"

"这怎么可能？"B君几乎不敢相信自己的耳朵。"很简单。"朋友说，"老虎一直是安静和慵懒的，只有猴子才会一直上蹿下跳。K君对所有的细节都要求尽善尽美，会给自己很大的压力，也会让自己十分疲惫。疲惫会导致脆弱，相信他只要受到狠狠的一击，一定会像受了重击一样的玻璃杯，碎裂成片，再也无法聚合。而F君不在任何无谓的小事上花费精力，证明他在储存精力，等着应对最重要的事情，像这样的人，如果受到攻击，往往是可以安然挺过的。他最终打的那一杆十分完美，超过K君打的所有的球，证明他不是个无能之辈。所以我判断，F君是老虎，K君是猴子，如果你要发起攻击，就要先对K君下手。"

B君对此半信半疑，并没有仓促行动，然而命运很快把机会送到了他的面前。一天，因为一个偶然的机会，他发现了K君公司商业销售环节上的一个漏洞。B君便从这个漏洞着手，抢走了K君公司的市场份额。K君的精神受到了极大的打击，之后竟然一病不起，生意也草草关张了。打败了K君之后，B君转而对付F君。没想到F君出奇强悍，他和F君缠磨了好久，都没有分出胜负。果然如他朋友所说的：老虎一直安静地养精蓄锐，只有猴子才不停地上蹿下跳。

将军与奴隶

从前，在一个国家里，有位将军，他既是执掌全国兵权的人，也是全国上下仰慕的武者。有一天，他在都城里巡视，看到一个奴隶被绑在一根木柱上，暴晒在太阳底下。奴隶已经被折磨得奄奄一息，似乎就快死去。将军对奴隶起了怜悯之心，便把奴隶的主人找来，问他那个奴隶犯了什么错。

“大人，他错把毒草喂给了我的骏马，结果把马毒死了。那匹马价值两块金币，要远比这个奴隶值钱，所以我要用暴晒之刑将他处死。”奴隶主如此回答。

将军觉得奴隶很可怜，便拿出两块金币，补上了奴隶主的损失，叫奴隶主把奴隶放走。

“伟大的将军，真是太感谢您了，我该如何报答您呢？”获救的奴隶感恩不尽，跪在地上对将军说。“不，我不需要你的报答，你赶紧去找个工作，继续生活下去吧。”将军如此说，心里却不以为然地笑了。他怎么需要奴隶报答呢？而且这个奴隶因为不小心毒死了马就差点被处死，如此卑微的人，又有什么能力报答别人呢？

几年之后，宫廷忽然发生了政变。将军支持的皇子被夺走了太子之位，将军也成了阶下囚。因为他功勋卓著，新太子不想公开处死他，便把他关在一个小牢房里，想活活饿死他。小牢房整个是由石头砌成，里面没有一滴水、一口食物和一根布条儿。将军坐在小牢房里，绝望极了。

然而就在这时，将军身边的地板上，忽然有一块石板翘了起来，接着有个人从石板后面钻了出来。

“将军！快跟我走！”那人压低喉咙说，“我挖了一个通道，一直通到皇宫下面的排水管道，我们可以从排水管道逃出去！”

将军赶紧跟着他爬进通道，从下水管道里逃出了皇宫。将军对这个人感激不尽，问：“您是谁？我该如何报答您呢？”

“您不用报答我，因为您之前救过我的命！”那人微笑着说。

将军呆住了，仔细看他的面容，发现他竟然是他当年救下的奴隶。原来，他重获自由后，就找了一份工作，专门清扫王宫的下水道，所以对王宫下水道的结构非常了解。知道将军被困后，他就想出了这个营救计划。

不要瞧不起卑微的人。再卑微的人都有他的用处，甚至往往能超出你的预想，发挥很大的作用。

加油冲和天天走

从前有两个人，一个叫萨克，一个叫哈比，都想去看看罗马的热闹繁华，便相约一起走。由于罗马离他们住的地方很远很远，所以他们便每人带了一头驴子，备好了足够的食物和水。

刚出发的时候，萨克恨不得一步就跨到罗马，只想着拼命往前赶。而哈比每天只走一段路，之后便驻扎休息。

萨克对此很不满意，忍不住责怪哈比："照你这个速度，我们什么时候能到达罗马啊？"

"不用着急，"哈比不慌不忙地说，"每天走一段路，总有一天能到罗马的。"

"总有一天？你开玩笑吗？"萨克对哈比的说法嗤之以鼻，拍了拍自己的驴子壮实的脖颈，"我要是让它撒开了腿，一鼓作气地往前赶，用不着几天就能到罗马！"

哈比对他的说法不以为然，只是笑了笑。

"什么？！你不相信我的话吗？"萨克被激怒了，"那我们就来比赛，你走你的，我走我的，看谁先到罗马！"

"可以啊。"哈比依旧笑得不慌不忙。

于是两个人就开始比赛。萨克先让驴子吃饱青草，喝饱清水，然后不分昼夜，一股劲儿地向前赶。结果没过几天，他就因为日夜兼程而生了病，不得不停留在一个村子里治病。病好后，他觉得自己已经落后了很大一段路，又骑上驴子，拼命地催着驴子往前赶，结果把驴子累病了，寸步难行。没有办法，他只有等驴子恢复后再继续赶路，而驴子病好后再也没有往日的神勇，只能慢慢地赶路。

走了很多天之后，萨克终于离罗马不远了。走着走着，他竟然看到了哈比——哈比走的是和他相反的方向。原来哈比早就到了罗马，现在是回头来找他的。

每天前进一段路并坚持下去的话，往往比一股劲儿往前赶走得远。

前　途

从前有个人叫库克，总是为自己的未来忧虑。他拥有殷实的家庭和慈善的父母，自己也在名牌大学上学，可就是对自己的未来没有信心，总觉得自己会遇到不测的灾祸。他担心自己的家族会破产；担心自己的父母会因生病或事故而早逝；担心自己的家里会失火；担心自己毕业后找不到好的工作；担心自己以后找不到称心的姑娘，会孤独终老；甚至担心自己的学习成绩急转直下，无法顺利毕业。

大家对他这种无端忧虑的行为哭笑不得，告诉他这些担心都是多余的，这些都不大可能发生。而库克对此都如此回应："未来会发生什么，没有人会知道，你们怎么能确定这些事不会发生呢？"

这还真有点让劝他的人哑口无言。

库克就这样为这些乱七八糟的事情忧虑，每天长吁短叹，沉浸在糟糕的心情和精神压力下。终于有一天，有位能预知未来的精灵对他这种行为也忍无可忍了，便去对库克说，他家的房子永远不会失火；他的父母会一直活到九十岁；他家的经济状况一直到他死都会很殷实；他会以很优秀的成绩毕业，找到一份很好的工作；他会和一个美丽善良的姑娘相遇，白头到老，他们会生育三个孩子，每个孩子都聪明可爱，长大也可以成才。

精灵心想，这下库克该不会再忧虑了吧。没想到，库克只是当时高兴了一会儿，没过多久又开始唉声叹气了。

“你这是怎么回事？”精灵一头雾水外加哭笑不得，忍不住质问库克，“我不是告诉你你的未来顺利幸福吗？”

“是啊。”库克无精打采地说，“以前我总是担心未来会发生不幸的事情，知道我的未来很好后松了口气，但一切都定下来之后，反而觉得彻底的无望和无味了。”

未来的魅力就在于未知。比起可能充满风险和未知的未来，一切都被注定的未来更让人觉得无望和无味。

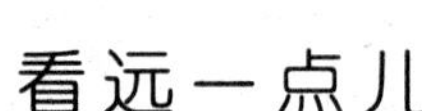

看远一点儿

有两个渔民，一个叫小张，一个叫小李。两个人是从小一起长大的好朋友，经常一起坐在港口眺望远方。这天，他们又一起坐在港口远眺大海，此时已是傍晚，漫天都是灿烂的红霞，海面上就像撒满了水晶，亮闪闪地蔓延到远方。

“真美啊，”小张感慨地说，“大海不仅景色美，里面还有丰富的海产……我要永永远远地守着这片海！”

“永永远远地守住这片海？”小李却对他的想法不愿苟同，“只守住这片海？”

“怎么，哪里不对吗？”小张有些不快，“这片海不好吗？”

“这里没什么不好，不过，”小李尽力地望向遥远的海平面，语气中充满了神往和骄傲，“我想去很远很远的地方，越过这片海，到海的那边，甚至到海洋的尽头……也许那里有我们想象不到的丰美海产和宝藏，我想去看看！”

“得了吧。”小张对小李的说法嗤之以鼻，“那里也可能有小山一般的海浪，一张口就可以把人吞下去的怪兽，当然，最可能的是那边什么都没有。”

“你不要这么悲观嘛。”小李对小张的说法不以为然，“那边到底有什么，不去看看，怎么能知道呢？人啊，应该看得远一点儿。”

“我可不想看得那么远，”小张打了个哈欠说，“我只想守着这片物产丰美的海，在家乡好好地生活就可以了。”

两个人的生活轨迹就这样开始分岔了。几年之后，小张继承了父亲的渔船，老老实实地打鱼，攒钱成家。小李却离开家乡，去了很远的地方。

很多年之后，小张通过打鱼挣来的钱盖起了新房子，娶妻生子，一家子过得很是富足。他想起久未联系的小李，不知道他现在怎么样——因为久未联系，他甚至怀疑他是不是已经不在人间。然而有一天，他却偶然从一个路过的商人口中知道，小李当年找到了一个物产更为丰美的海域，早已发了财，现在已经是一位渔业大亨。

有时候一个人成功的大小，在于他看得有多远。

再坚持一会儿

有个叫阿青的女人，在短短的一个月内遭遇了人生中所有的苦难。先是收到了丈夫在战场上失踪，可能已经战死的消息，接着自己家的房子失火，一切都毁了。她回到自己父母家住，没想到有一天因为瓢泼大雨，父母家房子背后山上的大石松动了，滚下来压塌了父母家的房子。她的父母因此殒命，她虽然被人救了出来，但也因此瘸了一条腿。面对她的伤腿，本地的医生束手无策，说她的腿可能再也治不好了。

阿青彻底绝望了，一心求死。一个睿智的老婆婆把她接到家里，拿食物给她吃，拿水给她喝。阿青既不愿吃东西，也不愿意喝水，闭着眼睛只是想死。

“好吧，孩子，”老婆婆和颜悦色地跟她说，“如果你一心想死，我也不拦着你。不过我觉得，你要死，也要死得体体面面。我给你拿布和针线，好好地给自己做一套寿衣吧。”

阿青是个爱体面的女人，觉得自己的确不能狼狈地死去，便用老婆婆给她的东西，替自己缝制寿衣。然而手工缝制需要耗费很多时间，她又一心想把寿衣做得体面些，因此做了好几天，寿衣才做了三分之一。然而就在这一天，她丈夫回来了——原来他虽然在战场上失踪，但并没有死，不仅想办法回到了军队里，还立了战功，获得了奖金。

她丈夫回来后见阿青受了这么多苦，与她抱头痛哭。他用奖金重新盖起了房子，置办了产业，并通过自己军队里的军医，联系到一个外地的名医，给阿青治好了腿。

看到这一切，老婆婆欣慰地笑了。其实当初她叫阿青给自己做寿衣，只是想让她再坚持几天而已。有时候，只要多坚持一小段时间，就可以看到转机。

现实与幻想

阿华是个喜欢幻想的善良女人。她参加了一个社团，每次社团活动后社团都会管饭。社团的社长家里开了面馆，所以经常带社员们去自己家开的面馆吃饭。她发现会员中有位李先生，聚餐吃面的时候不喝汤，一次两次如此，三次四次甚至更多就奇怪了。

发现这件事后，阿华不禁想起了一则自己看过的、流传很广的小小说。小说里，男主角曾经很贫穷，有时和妻子出门，身上的钱只够叫一碗阳春面。妻子说他赚钱养家辛苦，便把面给他吃了，碗里剩下的面汤就成了她的一餐。后来他做生意赚了钱，但妻子却得癌症死了。丈夫很悲痛，为了寻找妻子还在身边的感觉，所以每次吃面都不喝汤。莫非李先生也和这位丈夫一样，是在纪念一个重要的人，寻找她还在身边的感觉？

有一天阿华终于忍不住，问了李先生。李先生不好意思地笑了："这个啊，真是有点不好意思呢……我有点洁癖，老觉得餐馆的碗不够干净……面条是漂浮在汤里的，这还好说。但是汤是液体，又直接和碗壁接触……所以我吃完面后就下意识地不喝汤了。"

想象的美好往往无法映照到现实里。

好　友

阿娟和娜娜是一对好朋友。娜娜的生活总是不顺，简直可以说是从出生起就没有一件好事。她上学的时候，因为偏科，成绩总是不理想，因此没有考上大学，上完大专出来后又找不到工作，最后不得已到超市打工，还总是被客人刁难。工作几年后谈了个男朋友，之后男朋友却移情别恋，导致分手。因此娜娜的生活总是浸泡在愁苦、愤怒和眼泪中。

和娜娜比起来，阿娟的生活可以说是一帆风顺。她从小就成绩优异，在班级一直名列前茅，以优异的成绩考上大学，又以优异的成绩从大学毕业，找到了一份很好的工作。不久后就找到了一个门当户对的男朋友，顺利地结了婚。因此光从生活境遇上来看，她和娜娜几乎是两个世界的人。然而即便如此，她却一直对娜娜很好，每次娜娜遇到不顺利的事情，她都会第一时间出现在娜娜的身边，安慰她，帮她出主意。任何时候，只要娜娜想倾诉，她都会愿意听。娜娜在心情郁闷的时候，有时候想法会不可理喻，她总是想方设法把娜娜的思想引向正途。娜娜很感激她，觉得她是她一生最宝贵的朋友。

在经历了漫长的黑暗岁月后，命运终于对娜娜微笑了。有

一天，娜娜买彩票意外地中了一笔奖金，她用这笔奖金开了一个小店。多年超市打工的经验，让她在零食业得心应手，很快就把生意做大，最后开了一间自己的超市。事业成功后，感情也变得顺利，她结识了一个条件很好的男朋友。按理说，阿娟在娜娜走运后应该很为娜娜高兴。然而，令人讶异的是，阿娟开始疏远娜娜，娜娜主动找她，她也是爱理不理。娜娜很不解，于是找到她，阿娟先是东拉西扯胡乱敷衍，被娜娜问急了之后忽然发怒，恨恨地抛下一句："你别想对我炫耀。"就急匆匆地离开了。

娜娜惊呆了，但也明白了，阿娟只有在她倒霉的时候才会和她做朋友。

要警惕身边的这类好友。他们在你倒霉的时候无比热心，那是因为他们喜欢看你的不幸，从你的不幸中汲取优越感。当你开始走运或是成功之后，他们就会感到不舒服，因此离开你。

追 星

老张的女儿丽丽是个初二的学生，不知怎么的就是喜欢追星，每天只喜欢上网看明星的新闻，看明星的影视剧，听明星的歌曲，花费大量的时间在明星贴吧和论坛建设上，在和其他明星粉丝的无聊争吵上。为了能去给明星接机，甚至打算放弃一学期最重要的期末考试。总而言之，除了和明星相关的事情之外，其他都不感兴趣，对学习更是一点儿都不上心，因此学习自然全班垫底。老张对此焦头烂额，竭尽全力想让女儿从追星中走出来。他与老婆跟女儿斗争了几个回合，最后甚至于用和她断绝关系相要挟，终于让她放弃了追星。老张以为女儿从此就会认真学习了，没想到女儿又迷上了画画。她画得实在令人不敢恭维，也看不出她在画画上有什么前途，但她就是痴迷万分地画。

老张对此十分苦恼，也感到十分迷惑和无力，于是找自己的朋友老李倾诉。老李听过后说："让我跟丽丽谈一谈吧，也许能找到解决的办法。"

老李找到丽丽的时候，丽丽斜着眼睛看着他，一脸抵触的样子。老李并没有用居高临下的态度质问她，而是细声细语、温和婉转地问她为什么这么喜欢追星和画画。丽丽一开始东拉西扯不说实话，但后来还是乖乖地说，自己是因为讨厌学习，才把注意力转移到追星和画画上。老李又问她为什么讨厌学习。丽丽便说，是因为她不知道怎么回事，数学怎么都学不好。由于数学非常重要，学得不好的话，其他学科学得再好也无济于事，她对此很是沮丧和绝望，而父母却只认为是她不够努力。她本来就够痛苦和委屈了，被父母误解后更加生气，索性不再跟父母解释什么，对学习也更加厌恶，甚至到了一提学习就头痛的地步。她追星和画画其实只是为了转移注意力。

老李立即把真实情况跟老张说了，并且告诉他，丽丽这种情况可能是偏科。老张如梦方醒，立即找名师，想办法解决丽丽学习上的问题。

当一个人过度痴迷于某事的时候，千万不要以为他是被这件事勾走了魂魄。可能是他生活中的哪方面出了问题，那样做只是为了逃避现实。

弱者的愤怒

从前，有一个君王，喜欢用非常暴虐的方式统治臣民。有一天，一个住在城外的小伙子因为一件小事冒犯了他，就被他处决了。小伙子家里只有一个瘸腿的父亲，在儿子死后只能靠亲戚的接济过活，每天把自己关在屋子里，乒乒乓乓地做木头玩具，而且从来不把自己做出的东西给人看。周围的人一提起他就摇头叹息，心想他肯定是精神有了问题。

几年之后，暴虐的君主惹怒了邻国的君主，引来了讨伐。邻国的君主一路打到了暴君的都城之下，却怎么都没法拿下都城，因为暴君的城墙很高，又十分坚固。邻国的君主为此事犯愁，就在这时，一个瘸腿的老汉向他进献了一个投石机的草图。邻国的君主按照这个草图做出了新型的投石机，一举攻下了暴君的都城，把暴君抓起来，当众处决了。

那个进献投石机的老汉，就是当年那个被暴君处死的年轻人的父亲。原来他每天躲在家里，并不是在做木头玩具，而是在做投石机的模型。他觉得这个暴君如此残忍暴虐，一定会引发叛乱，或者遭到别国的讨伐，而那个时候，都城的城墙就会成为讨伐者的障碍，所以他一直在研究可以攻破它的东西。

永远不要小看弱者的愤怒。

快乐与舞蹈

从前有位舞者名叫米娜，一直立志成为世上最伟大的舞蹈家。她每天都练习得十分刻苦，可以在三伏天里，穿着密不透风的紧身衣，小腿上绑着沙袋，几百次地练习小跳；也可以在数九寒冬里，穿着单薄的舞衣，一遍遍地揣摩动作。她要求自己每一个动作都要做到尽善尽美，不允许自己有一丝一毫的差错，对自己形体保持上的要求更是到了苛刻的地步。每次去参加舞蹈比赛，都把它当成人生最重要的事情来对待，在她进行比赛的准备工作的时候，所有的事情都要为它让步。

即便如此，她在比赛中还是一次又一次地失败了，败给那些她看起来根本没有竞争力的人。而有一次，她竟然败给了一个等待比赛时一直在哼着歌儿的女孩，而她在比赛时做的动作，在米娜看来，也远没有她那么尽善尽美。米娜陷入了巨大的愤懑之中。这种不把比赛当回事的人，这种连动作都无法做到尽善尽美的人，怎么可以赢过她呢？巨大的愤懑引发了绝望。米娜渐渐开始变得萎靡不振。家里人很担心她，便想方设法找到了一个舞蹈大师来品评她的舞蹈。

舞蹈大师看了米娜的舞蹈，沉吟良久后对米娜说：“你的问题，就在于你太认真了。认真固然是好，但是太认真就会导致刻板、紧张和痛苦。舞蹈也是一种精神传达，在你跳舞的时候，你的精神会同时传达给观看者。你让观看者感到的尽是刻板、紧张和痛苦，相信他们是不会欣赏你的舞蹈的吧。而赢了你的那个女孩，她保持着轻松愉快的心情，并不能代表她不把比赛当回事儿。她的动作也许不那么尽善尽美，但是她把快乐的情感传递给了观众，这就是她赢的原因。”

如果你都无法让自己快乐，又该如何让别人快乐呢？艺术创作，大抵如此。

受重视的孩子

有个善良的大妈，因为喜欢孩子，开着一个冰激凌小店，对每一个来的孩子都充满温情。有一天，天有些阴冷，有位老夫妻带着一个孩子来买冰激凌。这位老夫妻衣着华贵，衣襟和靴边都是一尘不染。他们紧紧地护着中间那个小男孩，他身上的衣服更加华贵，一副小王子般的模样。

因为这个孩子非常可爱，大妈忍不住多看了几眼。等他们离开后，有个人告诉她，她刚才看到的是本镇数一数二的富裕人家的孩子。他的父母和祖父母都非常重视他，一定要把他培养成才，不仅衣食住行都给他最好的，还找了最好的老师给他辅导功课。这个孩子很争气，学习很刻苦，在绘画和钢琴上也有天分，于是家里人又请了数一数二的艺术老师指导他。大妈听了后感叹不已，心想这个孩子之后一定能成大器。

过了一会儿，又有个孩子来买冰激凌。这个孩子脸上和身上都脏脏的，一看就不是出自家境很好的人家。他的眉心长了一颗胭脂色的痣，一双眼睛晶光闪亮。在大妈打开抽屉找零钱的时候，他只是往抽屉里瞟了一眼，接着便准确地报出了里面零钱的总数。虽然大妈的抽屉里只有几枚零钱，但这孩子心算的能力也是十分惊人的。大妈被惊到了，接着忍不住深深感叹，这样的孩子，如果生在之前那个孩子的家庭里，应该也能有一番作为吧？！

很多年过去了，大妈变成了个老嬷嬷，依旧开着她的冰激凌小店。有一天，她打开报纸，看到一篇有关本镇有史以来最年轻镇长上任的报道。这位镇长的眉心有颗胭脂色的痣，她猛然想起了当年那个脏脏的孩子，仔细看看，觉得越看越像。她很是意外——要知道当年她还为他的未来担心嗟叹过。她向知情人打听，得知他小时候的境遇果然如她想的那样，家里贫困，父母只是为养家糊口而疲于奔命，没有空管他。谁也没想到，他日后能够凭自己的奋斗当上镇长。老嬷嬷惊叹之余，又忍不住想知道那位小王子般的孩子怎么样了，打听来的结果同样令她惊诧，却也令她叹息。

那个小王子般的孩子虽然受到了最好的教育，自己也很努力，取得的成绩却十分平庸。他虽然考进了名牌大学，但在大学里的表现并不出众，毕业后到大城市闯荡也没有成功，之后回来接管自家的店铺，管理上也并没有什么出色之处。而他的绘画和钢琴，听说也没有任何斩获。

老嬷嬷除了惊诧和叹气，也十分的迷惑不解。常说逆境容易出人才，那只是在顺境中的孩子不努力的情况下啊，如果处于顺境，而且也十分努力，应该更成功才是啊！

老嬷嬷一直为这件事迷惑不解，恰巧有天有个智者模样的老者来吃冰激凌，便把这件事告诉了老者。老者听后笑着叹了口气，接着语重心长地说："其实一点儿都不奇怪，像那个小王子一样的孩子，十有八九不能成功啊！首先，他的父母家人对他的全方位照顾和培养对他来说其实是种压力，在巨大的压力下，任何人都难以获得成功。其次，他的家人把一切都替他

安排好了，他就缺乏自己选择、判断和拼搏的能力。最后，他家人所认为的他应该做的，未必是他想做的。一个人要想在不是自己真正想做的事情上成功，总是很难的。因为他家人从小到大都看得紧，他可能连思考自己到底想做什么的机会和时间都没有吧。”

过度被重视，往往不是好事。

人生的输赢

从前，有个女孩名叫百合，父亲早死，只有母亲和她相依为命。有一天，她因为穿的衣服过于破旧，遭到班里的女孩茉莉的嘲笑。百合非常生气，跑回家，伏在母亲的怀里哭了，一边哭一边说“自己要找机会把茉莉的衣服弄脏、把茉莉的本子撕烂”之类的话。母亲听到后严厉地制止了她，然后语重心长地对她说：“这样的报复是毫无意义的，甚至还可能给自己招来灾祸。你应该在学习上超越她，不，不仅仅是在学习上超越她，还要在任何方面都比她强！”

百合牢牢记住母亲的话，开始跟茉莉竞赛。茉莉学习好，她就要比茉莉学习更好。茉莉跑得快，她就要比茉莉跑得更快。甚至茉莉参加班里的歌唱比赛，她也要报名参赛，然后艰难地从学习间隙里挤时间练声，准备和茉莉一决高下。茉莉很快就发现百合盯上了她，颇为不舒服——因为她一直挺轻视百合，现在见百合视自己为对手，感觉受到了冒犯，下决心一定要把百合比下去。于是两个人就开始了比赛，准确地说，是百合追赶着茉莉，总想要超过她。茉莉考到了全班第五，她就要考全班第四。茉莉考进了全市的重点中学，她也拼尽全力考进

了那所中学。因为不和茉莉在一个班，她就和茉莉在年级名次上比高低。中学毕业后两个人又是你追我赶地考进了全市最好的高中，然后是同一所重点大学……

在两个人你追我赶的比赛中，她们互有胜败，但是谁都没法甩开谁。后来她们又在大学里比成绩，比拿奖学金，大学毕业后比找工作，找到工作后比找老公，找到老公生了儿子后又比谁的儿子优秀……这个比赛持续了很多年，直到茉莉和百合都老了，到最后，似乎是百合取得了胜利。在百合的精心栽培下，百合的儿子成了远近闻名的成功人士，茉莉的儿子不如他——虽然不如他，但也算取得了不错的成就。发现自己最终还是输给了百合后，茉莉并没有生气，只是感慨万千。说真的，回顾自己的一生，虽然过得挺累，但是比自己小时候的预想，以及别人对她的预想，不知道要成功多少倍。要不是百合一直追着她，她恐怕无法完全获得这样的成功。想到这里，她不仅不恨百合，甚至还有些感激她。她主动联系百合，把她约出来，想把这么多年的恩怨一笔勾销，甚至还想谢谢她。

百合如约来了。茉莉对着她粲然一笑："这么多年过去了，还是你赢了。"

"不，我没有赢。"百合深深地叹了口气，"我输了，从头就输了……"

"啊？"茉莉怔住了。

"老实说，这些年来，我一直都在想方设法超过你，除了这些，基本上没有干其他任何事，也没有真正地快乐过。这些天我一直在想，我要是一开始就不做那些蠢事，也许我可以拥有一个完全不一样的人生，一个完全属于我自己的人生……可惜我现在再也没机会知道我自己的人生该是什么样的了。"

茉莉怔怔地听着，接着忍不住颤抖起来。可能错过自己一生的，又何止是百合一个人呢？

如果你恨一个人，就要各方面比他强。这话听起来很积极很正确，但其实很有毒，因为它会让别人的人生绑架自己的人生。

权　威

汤姆从小就喜欢服装设计，立志成为一个服装设计师。他的家人也觉得他有这个天赋，便叫他认真地画出几张设计图来，再找一个行家看看他的设计。于是汤姆花了很久的时间，以最认真的态度，画出了几张设计图。画好之后又反复修改，直到觉得不可能比这些更好了，才把这几幅图交给自己的家长。

汤姆的家长找到了一位在设计界闻名遐迩的教授，请他看看汤姆的设计图。

“这孩子不行。从他的图里我看不出一丝一毫的才华，他是无法成为设计师的！”

教授非常干脆和彻底地否定了汤姆的设计。汤姆非常愤怒，也非常伤心和沮丧，但是没有就此放弃。他一边打工一边自学，奋斗了半生后，终于成为一名非常成功的设计师。成功之后，他想起当年那个教授对自己无情的否定，依然感到愤慨——要知道，当年如果自己听信了他的话，放弃了设计的话，受到的损失可以说是不可估量的，甚至可以说会失去自己的整个人生。

"那个教授说我完全没有设计的才能，而我现在却拥有了这么大的成就，那位教授一定是个有眼无珠、装腔作势、虚有其表的草包吧。"汤姆这样想着，决定回去看看当年的那位教授，并趁机向他展示自己的成功，让教授知道他自己是多么的愚蠢和没有眼光。

汤姆到了教授授课的大学，教授正在上课。他便静静地走到教室的最后一排，准备听完他的课后再去找他说话。出于批驳他的目的，汤姆听课听得很仔细。然而令他惊叹的是，教授的课竟然让他受益匪浅，听到最后，他竟情不自禁地鼓起掌来。

权威未必会在所有的事情上都正确，但是即便他在一件事情上错了，也并不代表他是个一无所知的笨蛋。

取代了我的位置

洛克是位成功的画家，一直与人为善。但不知为什么，有个叫杰米的家伙就是喜欢和他作对。洛克丈二和尚摸不着头脑，因为他记得自己明明没有得罪过杰米。他试着向杰米示好，但杰米就是不买账，每天见到他时总是气呼呼的，那双眼睛简直就是在说："一有机会我就会让你好看！"

莫名其妙多了一个敌人，让洛克感到如坐针毡。他思前想后，决定还是想办法弄清楚杰米为什么恨他比较好。他听说杰米喜欢找牧师忏悔，而有一天牧师正好生病不在，洛克便躲在忏悔室里，装作是牧师，然后等杰米来忏悔。杰米来了，脸色不是很好，对着忏悔室说了一些乱七八糟的琐事。他最近在很多小事上不顺，怀疑自己是不是在什么地方做得不对。

"是啊，"洛克见机会来了，赶紧说，"如果心中带着不必要的仇恨，可能会让运气不好呢，你心里是不是对某些人怀着不必要的仇恨啊？"

杰米想了一想，然后坚定地摇了摇头，表示自己从没有怀有"不必要的仇恨"。

洛克哭笑不得，只好开门见山："可是前阵子有个人也来找我忏悔，说他莫名其妙被你仇恨，感到很困扰呢。”

“啊！”杰米如梦初醒，接着咬牙切齿起来，“你是说那个叫洛克的家伙吗？我恨他是理所应当的！”

“啊？”洛克哭笑不得，“你为什么这么恨他？他得罪你了吗？”

杰米抿住嘴巴没有说话，显然是表示洛克没有得罪过他。洛克更加哭笑不得，也更加迷糊，追问他：“那你是因为什么恨他的呢？”

“因为他没资格这么成功！”杰米咬牙切齿地说，“我从小就立志当一个画家，为了达成这个目标，不知道做了多少努力……而他竟然轻轻松松地就成功了！我觉得他画的画根本没有任何出色的地方，而他竟然可以成功，真是岂有此理！”

洛克惊骇地听着，觉得匪夷所思，也莫名愤怒，但渐渐地，愤怒和诧异都平息了。他不认为自己是轻轻松松就成功的，也不认为自己画的画完全没有可取之处。但是他不想争辩，也知道杰米对他的仇恨是无法消解的。

杰米仇恨他，是因为觉得他获得了自己才应该拥有的成功。世上就有这么一些人，在心中给自己在社会上定了个位置，当自己无法达到这个位置的时候，就会仇恨处在这个位置上的人。

待人与待己

阿明觉得身边的人对他都很冷酷，他对此非常郁闷，也非常不满，便找一个哲人倾诉。

“哦，”哲人淡然地问他，“你先说说他们对你是怎么个冷酷法吧。”

“很多很多，”一提起这事阿明就愤懑莫名，“在小事上，比如，我下雨天忘带伞，周围的人都不愿意借给我。我家的狗走丢了，没人帮我找。我过生日的时候，没人给我礼物。他们谁家有了喜事，也没人请我去……在大事上，前阵子有几个坏家伙来我店里找茬儿，也没有人帮助我……他们真是一群冷酷的人哪！”

“哦，”哲人轻轻地垂了垂眼帘，“那他们为什么对你冷酷，你知道吗？”

“不知道啊……”阿明用力地挠着头，“好像不管我走到哪里，身边的人总是这样对我……我为什么总是遇到冷酷的人呢？”

哲人似乎明白了什么，微微一笑：“那我问你个问题。在别人下雨没带伞的时候，你有没有借给别人伞？别人家的宠物走丢了，你有没有帮忙找？别人过生日的时候，你有送别人礼物吗？你自己家有喜事的时候，有邀请过别人吗？”

阿明呆住了。哲人已经彻底明白了，轻轻地问他：“那你在别人遇到麻烦的时候，有挺身而出过吗？我猜也没有吧！”

阿明无话可答，羞愧地低下了头。在埋怨别人对你不好的同时，首先要想想自己对别人如何。如果你从来没有帮助过别人，别人为什么要帮助你呢？

国王与农民

从前有个农民，家里有丰饶的田产、繁盛的果园、强壮的牲畜，对比其他人应该很幸福，但他就是不知道为什么，对自己的生活很不满意。别人问他为什么，他就一撇嘴说："每天下地干活，满脚泥巴又脏又臭，给果树松土捉虫，累得腰都直不起来，侍弄牲畜更是要和屎尿打交道……这样的生活哪里好啊？"

别人听后哭笑不得——农民不就是应该干这些事嘛，便问他："那你觉得什么样的生活才是好生活呢？"

农民立即咧嘴一笑："那当然是国王的生活了！"

一般人听了他这话后只是暗暗嘲笑他，一个心怀叵测的人却把这件事告诉了国王。国王听到后立即把农夫召进了宫里，问他："听说你想过我的生活？"

农民觉得自己闯下了大祸，伏在地上不停地颤抖，一句话都说不出来。

看到他这个样子，国王微微一笑："那你就过几天我的生活吧！"

农夫不敢相信自己的耳朵，却已经有几个侍者过来把他带进内堂，让他用香水沐浴，给他穿上绸缎的衣服，然后把他送进熏了香的、金碧辉煌的卧室里居住。

一连几天，农民要做的只是享用各种美酒佳肴和躺在床上休息，无聊时还可以欣赏琴师演奏、歌女唱歌、舞者跳舞和艺人的杂耍。这种生活是农民梦寐以求的，但他过了几天就厌了。不知道为什么，他觉得自己的腿闲得难受，似乎只有下地去劳作才能舒服一点儿；不知为何他开始想念果园里的果树，一闭眼就能看到长了虫的树叶，恨不得立即伸手把虫捉下来；他更是不停地想起他围栏里的牲畜，担心它们是不是瘦了，会不会得病……这些感觉越来越强烈，强烈到他有点不想再过国王的生活了。就在这时，几个大臣模样的人拿来了一本本的奏折，告诉他这里有很多国家治理方面的难题，需要他一个个解决；又拿来一本本案卷，里面都是国内发生的疑难案件，叫他做出公正的裁断。农民哪会处理这些事情，最后那些人竟然告诉他，邻国已经派兵在国境外聚集，正在寻找机会打过来，他必须想个办法退敌，否则敌军很快就会打进都城，他将被敌军抓住，公开处决……

农民被吓坏了，觉得这国王的生活真是可怕极了，忍不住大叫大嚷，说他再也不想过国王的生活了，求国王开开恩，放他回去。国王知道后哈哈大笑，把他放了回去。农民回家后格外辛勤地劳动，再也不说要换一种生活了。别人的生活未必适合你，千万不要因为看到别人生活的表面风光就吵着要过别人的生活。

非议你的人

有位A君，从小练习厨艺，经历千辛万苦终于获得了成功。他成了一位明星大厨，做了电视节目的常客，写出的厨艺书籍也十分畅销。然而令他始料不及的是，伴随成功而来的，还有浩大的批评声浪。一些所谓的评论家在网上和报纸上不停地批判他，言辞犀利，火药味十足。对此，A君十分苦恼，最终忍不住去找心理医生倾诉。

“医生啊，我现在真是苦恼死了……”A君充满怨恨地说，“难道成功了就必然要招来非议吗？如果是这样的话，成功也变得可怕了呢。”

心理医生不动声色地说：“那你认为那些人为什么要非议你呢？”

“一些人应该是因为嫉妒吧。”

“都是因为嫉妒你吗？”

“也不是吧……也许一些人只是对我的厨艺不认同而已。没有一件事情可以得到所有人认同的。”

“既然如此，你遭到非议也是无可避免的事情啊。你到底有什么想不通的呢？”

“我就是困惑，为什么会招来这么‘多’的非议呢？粗略地一算，非议我的人至少有千儿八百……非议我的人实在太多了啊！”

“这样啊。”心理医生想了想，又问，“原来你是嫌非议你的人太多了……那在你刚刚学厨艺的时候，身边的人是全部支持你的么？”

“不是。”A君说，“当时我的亲朋好友中有四五个人反对我，其中两三个是嫉妒我，另外的人则认为我做厨师没前途……因为我做的菜不符合他们的口味偏好。”

“哦，那又有多少人支持你呢？”

“除了他们外，都支持我吧。”

心理医生微微一笑：“那现在支持你的人有多少呢？”

“啊！”A君一怔，接着若有所悟。

“是啊。”心理医生缓缓地说，“其实从开始到现在，反对你和支持你的人，比例几乎是一样的。你没成功的时候，和你事业有联系的只有你的亲朋好友，也有一定比例的人反对你。而现在你成功了，和你事业有联系的人大大增多了，按照原先的比例，反对你的人自然而然也会增加。你说现在反对你的人有千儿八百，而支持你的人，恐怕几万个都不止。要按照比例算的话，说不定反对你的人比之前还少了呢。”

学门手艺

罗杰一心想当个画家，却不幸求学失败，只能蔫蔫地回到家里。他父亲见他无所事事，忍不住劝他："你天天这样闲着，还不如学门手艺呢！"

"学什么手艺啊？"罗杰爱理不理地问。

"我一个朋友很会编草鞋，我叫他教你编草鞋吧。"父亲答道。

"什么啊？！"罗杰听后一百个不乐意，"编草鞋？就算是最好的草鞋，也卖不了几个铜板！那么低贱的事情我干吗要做啊？"

"手艺没有低贱和高贵之分！"父亲发火了，"不管在什么境况下，有门手艺总比没有强！"

见父亲发火了，罗杰只好极不情愿地去学了编草鞋。虽然他求学未成，但还是挺聪明的，草鞋编得不错，他的师父经常夸奖他。然而他依旧觉得自己学这门手艺完全没用，一直郁郁寡欢。有一次，一个朋友要出海远航，问他要不要一起出去见见世面。罗杰想出去散散心，便跟着一起去了。没想到在半路上遇到了风暴，船沉了，罗杰抱着桅杆漂到了一个海岛上。

罗杰漂到岸上求助，没想到被岛上的土著居民抓了去，关进了木头笼子里，每天只给他一点儿水果吃。

罗杰吓坏了，拼命地喊救命，然而不管怎么喊都没人来救他。他一开始很是惊慌害怕，但时间长了，心里也就慢慢安定了下来。因为在笼子里百无聊赖，他便扯起了笼子外面的草，做起了草鞋。土著人都是赤脚的，对他做的草鞋很感兴趣，试穿之后觉得很不错，便把他从笼子里放了出来，让他为整个部族的人做草鞋，后来更是让他把编草鞋的技术传授给族里的人。

罗杰觉得自己跟土著人已经足够亲近了，便打手势告诉他们，他想要离开。土著人便帮他编了个巨大的木筏，并配上用巨大的坚韧的树叶制成的帆，送他出了海。罗杰坐在木筏上航行了几天，终于遇上了一艘商船，最后回到了文明世界。

不管到什么时候，有门手艺总比没有手艺强。看起来多卑贱的手艺，说不定哪天就能派上巨大的用场。

炫耀与缺少

阿美失恋了，在现在这个社会，这称不上什么事情。但麻烦的是，她朋友圈里有个叫阿娇的人，偏偏在这个时期，一天到晚地秀幸福，让阿美不由得总是触景生情、黯然神伤。

阿娇没有她漂亮，没有她身材好，学历也没有她高——总而言之，就是各方面都不如她，却嫁得挺好。她老公是个做生意的青年才俊，对她非常非常的好——阿娇也总是刻意让别人注意这一点，今天拿出一个名牌包，明天穿来一件名牌衣服，后天秀出闪闪发亮的钻戒，幸福满满地说这是她老公送给她的。除此之外，她还总是喜欢说她老公每天即便工作很忙，一有空就要给她做爱心早餐，节假日带她出去玩，过一个浪漫美好的假日……让人觉得她似乎每天都在度蜜月。一开始阿美对此都是冷眼旁观，并提醒自己“不要嫉妒别人的幸福”，但是时间长了，还是忍不住暗暗生气，最后实在忍不住了，便找一个她们共同的朋友阿华倾诉。

阿华听了后没有说话，只是打开电脑，上了一个购物网站。

“你这是干什么？”阿美对阿华的行为很不理解。

“我给你看一些东西，”阿华一边搜索一边说，“看完你就明白了。”

阿华找到了一个用户的个人页面，该用户所有评价过的商品全部显现在上面。阿美看了看上面的商品缩略图，觉得有些眼熟，点开仔细一看，蓦然想起这就是阿娇前几天秀出的钻戒——可以说是一模一样，而这个页面里售出的只是仿真的钻戒，而买家还是在它特价的时候买入的，只花费了几十块钱。

“你继续往下看，”阿华淡淡地说，“等看完你就明白了。”

阿美一个个地往下看，越看越震惊。这个页面上有和阿娇穿的名牌衣服、背的名牌皮包、穿的名牌鞋子等一模一样的商品，但无一例外的都是仿品，成交价也无一例外都很低。

“我想你也应该明白了吧。”阿华笑着说，“这个页面就是阿娇的页面。她自以为别人不知道她这个账号，却被我偶然间发现了……她大概也不知道自己买过的商品都会显示在页面上，才没有隐藏动态，结果所有的秘密都曝光了……这些都是她口中所说老公送的名牌礼物，其实全是她自己买的低价仿品，拿来装点门面。据说她老公的生意早就出了问题，家里已经没什么钱了。她老公生意受挫后和她的感情也出了问题，一天到晚地吵架，有一次，我竟然看到她和他在街上大吵……”

有时候，一个人最喜欢炫耀的，恰恰有可能是他最缺少的。怕人发现，怕人嘲笑，也为了麻痹自己，才刻意造假炫耀。

愤怒与宽恕

有一位王子，他的国家被邻国攻占，所有家人也被邻国国君处死了，只有他一个人逃了出来。他非常痛苦和绝望，对未来也充满了恐惧，几乎活不下去。他找到了一个贤人，想问自己怎样才能熬下去。

“这个并不难，”贤人说，“你只要好好地体会你的愤怒，想想你的敌人对你、对你的家族和对你的人民曾经犯下的罪。你愿意看到你的敌人坐拥你的财产，杀害了你的家人和人民后不受任何惩罚吗？”

听到这话后，王子感到自己像被烈焰灼烧，暂时忘却了痛苦：“当然不行！”

“那你就去复仇吧！”贤人说，“夺回你的国家，为你的国家和人民讨回公道！”

从此，王子便走上了复仇和复国的道路，心中熊熊燃烧的怒火就像火把一样照亮了他的路，暂时驱散了所有的恐惧、迷茫和痛苦。他想办法把国内依旧反抗邻国君主的势力集结起来，并设法策反了邻国君主的几个兵团，然后便起兵，从几个最主要的城市开始，逐步收复自己的国土。最后，他只剩下都城没有收复了。都城里有还没来得及逃回自己国家的邻国君主，还有当初叛变投敌的本国旧臣们。王子这么多年来的怒火瞬间达到了顶点，决定要杀进城去，狠狠地惩罚所有的罪人。

然而就在这时，当年的那个贤人又来了，劝他赶紧放弃愤怒。

“这是为什么？您当初不是说愤怒可以一直帮助我吗？”王子感到惶然不解。

“不是的，殿下，”贤人答道，“愤怒可以帮你暂时摆脱恐惧和痛苦，给你巨大的动力，但是同样也会使你变得偏激和残忍，现在到了该放弃它的时候了。如果你带着愤怒打进城里，你必然会做出过于残忍的事情，甚至可能滥杀无辜，使你变成比你仇恨的人更加可怕的血腥屠夫！而血腥的屠夫必然会被其他人恐惧、仇恨和反对！”

王子如梦方醒，但是感觉愤怒已经在他心中扎根，并像怪物一样地躁动，别说要根除它，感觉想要压制它都很困难，不禁迷茫而又焦急地问贤人：“那我该如何才能摆脱愤怒呢？”

“这个不难，殿下，”贤人答道，“只要感恩。你想想你最孤独无助的时候，再想想现在，想想命运对你的眷顾，想想你的朋友们对你的帮助，想想你的追随者对你的效忠。由衷地感恩，你就能摆脱愤怒。”

王子按照贤人所说，由衷地感恩，很快便感到愤怒不再像怪兽那样难以压制。之后他攻进城里，只把邻国君主和几个罪大恶极的人处死，对其他人只进行了合理的处罚。本来担心会因为归顺邻国君主而遭到血腥报复的城内大臣和军民非常开心，真心地拥戴王子重新执政。而按照他们原来的打算，如果王子对他们血腥报复，他们只有进行暴动，即便与王子和他的军队同归于尽，也不会束手被杀。

愤怒可以暂时驱散你的痛苦和恐惧，也可以把你带入偏激和残忍的深渊，带来不幸和失败。人在需要奋进时可以利用愤怒，但到了必要的时候就要把它抛开。如何抛开？只有感恩。

感受黑暗

安娜的丈夫山姆患了眼疾，眼睛看不见了，经过各种治疗都没有效果。他无法接受这个打击，先是暴跳如雷，然后陷入了深深的抑郁和绝望中，拒绝试用各种偏方，甚至开始茶饭不思。见自己的丈夫变成这个样子，安娜很是着急，她深深地爱着山姆，不希望看到他这个样子，可是却帮不了他。她想劝说他不要伤心绝望，但没任何效果，劝说他吃饭吃药，他总是爱理不理。安娜对此很是伤心和丧气，几乎要坚持不下去了。

有一天，安娜到附近的公园散心，坐到公园的躺椅上久久地出神。就在这个时候，她看到一个小女孩蹲在一丛青草边，聚精会神地看着什么。安妮奇怪她怎么会看一丛草看得这么出神，便走到她的身边，却依然只看到了一丛青草。安娜更奇怪了，便蹲下来，顺着小女孩的目光看过去，结果看到在一片草叶上有个初生的蜗牛，正在慢慢地爬动。

安娜这才明白是怎么回事，同时也想通了其他很多事情。她立即跑回家，找了块黑布把双眼蒙了起来。她这才明白看不见时的感觉是怎样的，哪怕是一小步，她都不敢轻易挪动，生怕撞到什么东西。不管想拿什么东西，她都要摸索很久才能触

到，运气坏的话还可能碰伤手。在无边的黑暗里，哪怕再细小的声响，都能让她全身紧绷，因为她不知道是什么东西发出来的。想到如果一生都要陷入这种黑暗，她就感到难以言喻的恐惧和绝望。直到这时，她才真正感受到山姆的痛苦，发现自己之前真是太粗心和想当然了。

在真正明白山姆的痛苦后，安娜终于可以真正地和山姆交流了。在她的劝说下，山姆慢慢地走出了心灵的泥潭，积极地生活和接受治疗，最后终于在名医的帮助下，重见光明。要想真正了解一个人的想法，你就得真正地站在他的角度看问题。

受欢迎的人

莉莉一直在努力和别人搞好关系，自觉已经做得很好，可不知怎么回事，总有那么多人排挤她，她对此很是迷茫苦恼。她有个朋友很担心她，便介绍她去见一个大家公认的德高望重、人人称颂的老贵妇——据说在她身边，没有敌人，希望她能从老贵妇那里得到帮助。

老贵妇听了莉莉的情况后并没有说话，而是拿出一本很旧的笔记本，叫她先回去仔细看看里面的内容，看完之后再来跟她讨论。莉莉回去仔细翻阅这个笔记本，发现是一个小女孩写的日记，从她独自一人离开家，到大城市做纺织女工开始，到她拥有自己的第一家店为止。对比日记里的内容，莉莉真是感同身受，并怀有一些庆幸——和写日记的女孩比起来，她真是幸运多了。

这个小女孩当时只有十几岁，孤身一人从山里跑出来，口袋里只有几个铜板，好不容易在一个工厂找到了工作，吃住都很差。然而，这一切却不是最令她难受的，最难受的是被其他女工排挤。那些女工觉得她是从山里来的土包子，和她们谈不到一块儿去，最可恨的是她竟然对未来抱着美好的憧憬——这

在她们看来是自视过高的表现，便联合起来排挤她、欺负她。小女孩唯一的朋友就是她从山里带来的布毛熊，受了欺负后只能抱着它哭泣。然而她并没有就此颓废蹉跎下去，而是通过在工作上努力奋斗，来获得别人的认可。工作上的卓越表现，使她终于获得了一些人的认可，却也遭到了一些人的嫉妒仇恨和更疯狂的排挤。小女孩的生活更艰难了，不仅要努力工作，还要应对一些人的刻意排挤，甚至还有一些人在工作上处心积虑的暗算。

即便如此，她依然没有退缩，艰难地通过工作积累着财富，最后终于在街角一个只有几平方米的小门面里开了个纺织品小铺。离开了女工群体后，她虽然没有做错什么，但是依旧引来了一批新的敌人，有些是她生意上的对手，有些是嫉妒她可以开店的人，有些则根本只是看她不顺眼。面对这种情况，小女孩已经释然了，在这本日记的最后一页写下了这么一段话："现在看来，我无论何时都是要和某些人做斗争才能活得下去呢。如果这就是我的命运，我就接受吧，而且感觉这样的命运也不算差。"

莉莉看完后，很受启迪，拿着笔记本回到了老贵妇那里，对她说："我大概明白您的意思了，您是说即便有人反对我，我也要努力地走下去，对吗？"

"我不是这个意思。"老贵妇微笑着摇摇头。

"那……"莉莉糊涂了。

"你来找我，是因为不知道为什么总有人反对你，对吧？"老贵妇轻轻地对她说，"所以我才会让你看这本日记。你知道这里面的小女孩是谁吗？她就是我。"

"啊？"莉莉惊呆了。在她的印象里，以及在别人的口中，老贵妇都是一个没有敌人的人。

“你看来很惊讶，”老贵妇莞尔一笑，“大概你是听说，现在的我没有一个敌人，所以以为我从头到尾都被所有人喜欢，对吗？其实不是这样的。一开始的我，敌人多得不能再多了。我是通过奋斗，打败了所有的敌人。他们失败后就离开了，只剩下朋友在我身边，所以现在我的身边没有任何敌人。人往往一生都在和反对自己的人做斗争，这是没有办法的。只要能够打败敌人，留住朋友就好。”

诛　心

从前有个杀手，专门为有钱人铲除异己。他杀人的方式也很特别，就是把被害人抓到之后，把他关到一个大箱子里，只有一根管子通往外面，然后告诉受害人，他会通过这个管子把里面的空气抽干。受害人听到后，以为空气真的在被一点点地抽去，在心理作用下，身体出现窒息的症状，最后竟然真的窒息而死。然后杀手就把被害者的尸体丢弃在郊外，让警察琢磨“受害者到底为什么会窒息而死”。因为他这种杀人方式屡试不爽，所以他渐渐变得十分自负，在面对受害者的时候连脸孔都不会遮上。

有天杀手又受雇除掉一个叫布里的记者。他把布里抓来，关进了箱子里，如法炮制之后，就等着布里窒息而死。在他推算布里已经死透，正准备收尸的时候，警察找来了。杀手赶紧逃之夭夭，也没有任何挫败感。按照时间，布里早就死透了——他已算完成了任务，而且布里也绝对不能给警察指认出他再来抓他，因为死人是不会说话的。这次虽然被警察抄了老巢，但落脚地可以随便找，之后再找一个就是了。

杀手逃到一个地方落脚，等着媒体再度报道他的完美凶案，没想到等来的是找上门来的警察。原来，受害人没有死——杀手当初抓的其实不是布里，而是布里的双胞胎弟弟布诺。布诺的听力有问题，根本没听清杀手对他说的话。所以警察打开箱子的时候他还活着，之后凭借记忆，指导警方的画像师画出了杀手的画像。

外界的压力可以杀人，但也只能通过你的心起作用。

小小的痛苦

从前有个国王，喜欢用富有哲理的方式惩罚和教化国民。有一天，一个农民气冲冲地拉着一个木匠来告状，说木匠天天晚上做木工活，吵得他们全家睡不着觉。国王听了后，便对木匠说，扰人休息是不对的。

“我也知道我有不对的地方，陛下，”木匠一副很不服气的样子，“不过即便是吵了他睡觉，也不是什么大不了的事情啊。他竟然拉我来见您，实在是有点太过分了。”

国王见木匠完全没有悔改的样子，便说：“看来你完全没有悔改的意思呢。我必须对你进行处罚了。”

“啊！陛下！”木匠大惊失色，“我并没有犯什么大错，您可不能重罚我啊！”

“放心，我不会重罚你的。”国王微微一笑。

国王给他的处罚很是新奇。那就是每天吃下由国王特使送来的咸鱼，然后再在国王特使的监视下，一个小时内不许喝水。木匠觉得这没什么，就没有什么异议。然而等到他吃下国王特使送来的咸鱼后，却发现这还是有点令人痛苦的——首先咸鱼腌得发苦，难以入口，而且吃后一小时不能喝水，那种干渴实在难挨。这种惩罚连续了两天后，木匠就开始恐惧特使的到来。持续了五天之后，木匠已经开始恐惧明天。他发现即使是所谓“不大的痛苦”，一次次地重复都是致命的。然而就在这时，他猛然想起国王并没有说明惩罚的时限，如果以后的每一天都要经受这种惩罚，那绝对是生无可恋。想到这里，他再也撑不住了，痛哭流涕地跑到王宫里，说自己真心悔过了。

国王微笑地看着他，和颜悦色地说：“其实我真正的目的，并不是为了惩罚你，而是想让你明白一个道理。即便是再小的痛苦，一次次地反复来袭，也终究会让人崩溃的。我每天让你吃咸鱼不喝水，你会受不了，而你天天扰得人家不能睡觉，同样也会让人家受不了。你现在还觉得你犯的错‘没什么大不了’吗？”

木匠这才省悟，连忙诚心地向邻居道歉，从此之后再也不在夜里做木匠活儿，扰人睡眠了。

放弃的代价

有个叫文娜的小女孩，从小喜欢跳舞。她的爸爸妈妈也有心在舞蹈方面培养她，给她买最贵的舞衣和舞鞋，送她去上名师的舞蹈课。大家都认为她的条件很好，以后一定会成为舞蹈家。然而令人意想不到的是，就在她渐入佳境的时候，家里的生意失败了，没钱再送她去上舞蹈课。她也得早早地学手艺，为以后自食其力做准备。文娜很受打击，梦想折戟后的愤怒情绪，使她准备把舞蹈从她的生活和意识中彻底抹去。她把舞衣和舞鞋锁进了地下室，再也不提、再也不想有关舞蹈的任何事情，只是努力地学手艺。

很多年之后，文娜的家里终于摆脱了经济问题，重新成了富裕人家。而文娜也通过自己的努力，成了一个成功人士，重新有了大把的时间。她用这些时间修身养性，忽然想起了自己曾经放弃的舞蹈梦想。像被什么东西牵引一样，她拿出自己保存着的舞衣和舞鞋。它们上面已经蒙满了灰尘，但是抖一抖后还是鲜亮的。文娜突然感到一股热血涌上心头，此时才发现自己还是那么热爱舞蹈，竟不可控制地想要重新开始。然而重新开始谈何容易，多年的饮食不节制已经让她穿不上任何尺寸的舞衣。即便只是想穿舞衣，她也要进行大强度的瘦身，这对现在的她来说已经很难。即便她瘦身成功了，因为多年来没有做过一个舞蹈动作，她的肌肉和骨骼条件，尤其是伸展运动的能力已经退化，她已经很难再把一个舞蹈动作做得优美和到位。对现在她的来说，即使只想成为一个业余舞者，都是挺困难的事情。意识到这点后，文娜怔怔地掉下泪来，不由得怨恨自己——恨自己当时为什么放弃得那么彻底。是的，当时家里的条件是不允许她继续上舞蹈课了，但是她可以保持体形，可以在工作和学习的空当练习一些动作，这样至少可以保持学舞蹈最基本的条件，不至于现在无法重新开始。

任何人在追求梦想的时候都会遇到挫折。受到挫折后可以根据自身的情况做一些迂回，但是千万不要彻底放弃，否则最终吃亏的人是你自己。

换个想法

阿星费了九牛二虎之力，终于考进了一家跨国公司。他以为自此就可以进入高级的工作环境和社会阶层，没想到公司却把他分配到了东南亚的分支机构。那里显然比较落后，阿星对此大失所望，甚至有点后悔考进跨国企业，忍不住向好朋友阿阳倾诉。

"这没什么啊。"阿阳听完后如此说。

"怎么可能没什么呢？"阿星有点生气，怀疑他是不是没有设身处地地替自己想，"拜托你好好想一想，我当初考进这个公司，就是想成为一个上等人，现在却要被发配到那么偏远的地方，难道不让人生气吗？"

"这个并不妨碍你成为上等人啊，"阿阳哈哈一笑，"我先问你，什么叫上等人？就是和身边人比起来上等，对吧。你现在刚刚考进这家公司，属于最末等级的那一类。虽然这个公司很厉害，但因为你只是最末等级的那一类，在公司以外的人眼里，你也不会上等到哪里去。而在公司里面，因为你是最末等级的人，只有被别人领导的份儿，在公司里也称不上上等吧。但是，你要是去了那边的机构，在当地人的眼里，是跨国公司从先进地方派驻过来的精英，即便是当地很有钱的人，也会视你为上等人。我听说跨国公司在东南亚这样的地方都会雇佣当地的人。你被派过去之后，也可以领导当地的人，比在这边被人领导强多了。这样即便那边的环境差一点儿，但是在那边，你可是真正的上等人哦。另外，你在那边工作几年之后，也算是有了海外工作的经验，回总部的话就算是公司的前辈，也是人人称道的精英，到时候就能领导后辈了，也是上等人哦。”

阿阳一席话把阿星说得心服口服，心里也非常舒服，高高兴兴地去东南亚了。当面对一个看起来不是很好的机会的时候，要是仔细地权衡利弊，换个角度思考的话，可能会得出完全不一样的结论。

纸宴席

从前，有位国王，特别喜欢捉弄人。有一天，他听说都城外的村庄里有位小姑娘，非常聪明，便想“考量考量”她。该如何考量她呢？他在卧室里边走边想，结果看到了一张纸，便用它剪出了一只小鸡。

“嗯，到那个时候，我就叫她用这只鸡煮出五十道菜来，”他这样想着，“不过她可能会想办法还击。她会如何还击呢？最可能的方法是以其人之道还治其人之身，叫我用无法使用的材料给她做锅灶和勺子。哈哈，这个我先想到了，她绝对没机会了！”

他叫人把小姑娘召进宫来，给了她那张纸剪的小鸡，说：“去，用这只鸡给我煮五十道菜肴出来。”没等小姑娘开口就急忙补了一句，“而且只能用王宫的锅灶炊具。”

小姑娘果然面露难色，皱着眉头退了下去。国王很是得意，美滋滋地就等着看好戏。

等到饭点的时候，小姑娘端了五十道菜上来，满满地摆了一桌子。国王朝桌子上一看，发现有荤有素，有汤有菜，一共五十道。

“你这就不对了吧。”国王哈哈大笑，“我不是叫你用纸鸡做五十道菜吗？这又是菜又是肉的，算什么啊？”

“我没有违规啊。”小姑娘嘿嘿一笑，从一盘菜里拿出一小片纸屑，“我把那只鸡剪碎了，每盘菜里放了一片。您只是叫我‘用’纸鸡做五十道菜，并没有叫我‘只用’纸鸡做五十道菜啊！”

国王顿时哑口无言。

在别人叫你做不可能完成的事情的时候，只要精准地找到他话里的漏洞，就可能反败为胜。况且，保证自己说话没有漏洞是非常非常难的事情。

公　平

阿莫这阵子过得极为不顺，经常不小心就钻起了牛角尖。她觉得自己的前半生过得极为不顺，上天好像专跟她过不去，好东西都给别人，就是不给她。她越想越生气，忍不住找妈妈抱怨。

“哦。”妈妈静静地听完，然后问，“你是因为什么觉得上天把好东西都给别人了呢？”

“比如，”阿莫恨恨地开始了抱怨，“比如两条街外的罗娜，怎么那么巧，成功地出了一本畅销书，现在已经是全国知名的青年女作家，她是事业上比较幸运……而住在北边的吴晶晶，因为老天的恩赐，长了一张那么漂亮的脸，所有人都羡慕她，真是幸运透了……而我一直辛苦读书，却在高考的时候生病，考少了两分，没有考上理想的大学……出了校门后就业形势又不景气，一直没有找到理想的工作，就那样在小公司里熬着……我一直很努力很努力啊，从来没有松懈过，为什么得到的就这么少呢？在事业上亏待我，起码让我长得漂亮一点儿啊，偏偏又让我长得这么平凡……为什么别人尽是走运，而我尽是背运啊！”

“哦。目前就是这两人让人气不过，对吧，”妈妈听完后眼皮都没抬，“那你去找住在街角的李婆婆，她算是这里的百事通，这周围的人生平她都知道。你问问她这两个人的事，听完了你就明白了。”

阿莫听从妈妈的话，去找李婆婆，见到她后又免不得把自己跟妈妈说过的话跟她说了一遍。李婆婆听了后一脸怪异的笑，伸出手来摇了摇：“你要是说她们一时走运，我还可以赞成，要说她们一直走运，那我可真是无法赞成……那个罗娜，你不知道，之前倒霉得很，小时候因为喜欢写作，把课业耽误了，根本没考上大学。因为这个，她父母差点没跟她断绝关系。她很小的时候就开始投稿，往各个报纸、杂志，还有出版社投，结果投了不知道多少，硬是一篇都没采用过。后来她见投稿没出路，就转到网络上写，结果照样好几年都出不了头……据说为了杀出一条路，她所有的文学种类都写过，结果没有一本成功……后来实在没办法了，转去写心灵励志的书，结果红了……你觉得她是一本红，那是因为她有不少的笔名，只用这个笔名出了一本书，这本书红了，而她用其他笔名，写过数不清的作品，都没人知道。唉，想来她也的确适合改写心灵励志啊。如果她不会激励自己，不是我夸张，她恐怕都活不到现在。以前她那个可怜啊，你不知道，没有学业，没有收入，成天写作累死了，她爸妈对她还不好……她爸妈当时对她可是抱了极大的期望，后来觉得她痴迷写作毁了一生前途，怒其不争，怎么对她，我不用说你大概也能想得出来，反正就算是我这个外人看着，也是肝都颤……她当时天天满心憋着痛苦和绝望，憋急了，就跟我唠唠，除了我，她连说心里话的人都没有……哎哟，真是可怜哪。虽然她之后红了，我也不觉得她有多走运，因为她以前吃苦吃得太多了。”

阿莫没想到罗娜还有这种往事，一时竟怔住了，而接下来李婆婆说的吴晶晶的往事更让她目瞪口呆。

"至于吴晶晶，她也不是生来就这么漂亮，当然了，我并不是说她整容了。之前，她患有先天的、一种比较罕见的牙齿畸形，因为牙齿畸形，所以脸也畸形。虽然她其他部分长得都很好，但脸一畸形就没得救。当时不知道有多少人嘲笑她，她因为压力大，又吃得像个肉球，又引来了更多的嘲笑，她那个时候被人笑得都不敢跟人说话了。后来终于有位医生，用了一个牙齿矫正器帮她矫正牙齿。据说那个戴上去非常痛，她愣是戴了几年，才把牙齿矫正过来。牙齿矫正过来之后脸就正常了，但身上那么胖依然不行，于是又痛苦地减了一年肥，才变成现在这样子。"

阿莫没想到吴晶晶还有这么一段往事，十分惊诧。她现在明白妈妈要告诉她什么了，其实命运是公平的。没有人可以一生幸运，谁都有背运和走运的时候。因为一点儿挫折就怨天尤人丧失信心的话，是非常愚蠢而且没有必要的。

远处的烛光

阿穆特太太是个非常吝啬的老太太，从来没有帮过别人一分钱。有人劝她，不要这么吝啬，她就把眼睛一瞪："我从来不期望别人帮助我，我也不希望别人占我便宜！"对方说帮助别人可不是让别人占便宜，帮助别人的同时自己也可以得到很大的快乐，她就快速走开不愿听。

然而，就是这么一个人，有一天却收到了一大笔汇款，汇款人她不认识，附言是"感谢你多年来的帮助"。看到这个后，阿穆特太太觉得这简直是世界上最荒谬的事情。她记得自己从来没有帮助过别人，更别说"多年"帮助别人了。于是她便想找到这个汇款人问一问——在她看来，十有八九是这个汇款人认错了人。如果是这样，她就要把钱退回去——阿穆特太太虽然吝啬，但是有一个美德，那就是绝对不会要不是自己的东西。

她找到了那个汇款人，发现他是个大富翁，住在一栋非常气派的大房子里。阿穆特太太惊叹于这里的富贵，不由自主地缩起了脖子。富翁见到阿穆特太太后非常惊喜，毕恭毕敬地请她坐下，亲自为她倒茶，跟她说如果没有她的帮助，他绝对没法获得今天的成功。

阿穆特太太感到匪夷所思，赶紧说："先生，对不起，您应该是认错人了。我从来没有见过您，更别提帮助您了。"

"哈哈，您的确帮助过我，而且是在您不知情的情况下帮助我的哦。"富翁微微一笑。

"啊？"阿穆特太太不由得张口结舌。

富翁感慨万千地笑了笑，跟她说起了一段往事。原来，许多年前，这个富翁还是个穷小子，孤身一人来到这个城市闯荡，口袋里经常只有几个硬币，租住在破旧的阁楼里，晚上连灯都舍不得点。有一天，他在半夜醒来，蜷缩在黑暗里，想着未来，心里绝望极了。然而就在这时，他看到了远处阿穆特太太家的灯还亮着——阿穆特太太每天晚上都要做针线活做到很晚。这个灯光虽然遥远，但是给他的感觉却非常温暖，就像一个小小的火炬，不仅温暖了他的心，还照亮了他的心。以后每天晚上，他都会伴随着阿穆特太太家的灯光入睡，从那遥远的温暖里汲取勇气和力量，抚平受伤的心灵。他就是靠着阿穆特太太家灯光的安慰，挺过了最困难的时期。

后来，他做生意发了财，回想过去，觉得阿穆特太太真的帮到了他很多，所以要好好地感谢阿穆特太太。

阿穆特太太惊讶得半天都说不出话来，她真的没想到，自己一个不经意的行为，竟然可以给别人那么大的帮助，还能获得这么丰厚的回报。但是这个不是主要的——主要的是，正如别人所说的，帮到人的感觉真的是非常美好。从此之后，她一改之前吝啬的作风，成为一个喜欢帮助别人的人。

两个贵妇人

约翰和他爷爷是首饰匠人，经常用玛瑙、水晶和白银做一些中等档次的首饰，卖给贵妇人们。为了让首饰尽快卖出去，他和爷爷经常带着首饰去一个贵妇人云集的集会，找一些面善的或者是熟客推销。

有一天，约翰和爷爷精心地用七彩水晶做了一个彩虹发箍，虽然用料不是很贵，但是因为颇费功夫，所以价格不菲。他们带着它去了贵妇人们的一个游园会，想尽快把它推销出去，正好看到了老客户黛比夫人正在和另一个贵妇人边走边聊。“这真是太好了！”约翰很是激动，“我们赶紧向黛比夫人推销吧，她超有钱的，也喜欢这一类饰品，她一定会买的！”

爷爷却没有说话，只是盯着黛比夫人和她的同伴看。黛比夫人穿得和以前一样光鲜，但是原本长长的指甲剪掉了，手指上还贴着几个创可贴，颜色新旧不一，但看起来都不是很旧。黛比夫人的同伴穿得不是很光鲜，但是手上带着一枚很新的黄金宝石戒指。

“约翰，你听我说。”爷爷说，“等会儿我们向黛比夫人和她的同伴推销，黛比夫人估计不会买，我们就礼貌性地向她推销一下，主要对着她的同伴推销就好。”

“啊？！”约翰觉得匪夷所思，“黛比夫人有钱，又喜欢这类东西，为什么不会买呢？而她的同伴穿得并不华贵，看起来不像很有钱啊！”

“你照着我说的做就好，没错的。”爷爷显然胸有成竹。

约翰将信将疑，但还是照着爷爷的话做了。令他惊异的是，黛比夫人果然没有买这个首饰，是黛比夫人的同伴把它买了下来。

“为什么啊？”约翰很是惊诧和好奇，追着爷爷问。

“约翰啊。”爷爷语重心长地说，“要想成功推销的话，首先得学会观察哦。黛比夫人虽然穿得和以前不相上下，但是指甲剪掉了，手上还有新旧不一的创可贴。创可贴新旧不一，证明她不是在同一时间弄伤的。作为一个贵夫人，会因为什么反复弄伤手呢？只可能是做菜啦。而她反复在做菜时割伤手，证明她根本不善于做菜。一个贵妇人，不善于做菜，却又必须反复做菜，是因为什么呢？肯定是因为她经济上出现了危机，无法再雇佣厨娘了。把指甲剪掉，也应该是为了方便做菜。她手上的创可贴都不是很旧，证明她的经济危机是在不久前发生的，没有多少人知道，所以我们也没有听到风声。她经济上出现危机后还来游园会，应该是为了保住面子，而且游园会只是游的话，也不会花费多少钱。因为经济上出现了危机，她一定会诸事省俭，肯定不会买我们的发箍了。而她的同伴，虽然衣服不是很光鲜，但是手上的黄金宝石戒指很新，这就证明她家里刚刚变得有钱——一个人刚刚拥有财富的时候，往往不会仓促购买奢侈品，要买也只会买相对保值的奢侈品，所以她没有仓促买漂亮的衣服，而是先买了戒指。但是她如果遇到真正喜欢的东西还是会买。我们的发箍很精美，我觉得她应该会喜欢，所以才找准她来推销。”

人有时可能会做各种伪装，但是细节总是不经意暴露真相。只要仔细观察细节，你就可以看透真相。

为我所用

小陈在一张报纸上发表了一篇文章，文章刊出后反响很好，他非常开心地把这件事告诉给身边的朋友们。朋友都很高兴，其中一个叫小王的朋友尤其高兴，拉着他和他谈论他的文章，对他的文章极尽夸赞，把小陈都夸得飘飘然了。夸完之后，他就叫小陈帮忙看看他写的文章。小陈觉得小王的文章只是差强人意，出于礼貌，还是说他写得很好。小王很高兴，接着问小陈可否帮他推荐推荐。小陈知道这种文章编辑十有八九看不上，只有婉拒，说自己还没和编辑们熟识，不便推荐文章。小王有些失望，但是笑笑也就过去了。

一段时间之后，小陈又在报纸上发表了一篇文章。这篇文章比之前反响还好，朋友们都来祝贺，唯独少了小王——小王那样子，就像完全不知道小陈发表了文章一样。因为小王的态度和之前差距过大，小陈颇有点不习惯，不由自主地过去告诉他，自己又发表文章了，想问他有什么看法。小王冷冷一笑，给他找了七八个缺点——有些感觉都对不上号，然后拔腿就走。把小陈噎得站在原地愣神了好久。

小陈这才明白，当一个人对你的成就过度夸赞时，其实是希望你能帮他办事。要是你不能帮他办事，你的成就再大，都和他无关。

承　诺

阿枫失恋了，久久无法从痛苦中走出来，一天到晚把自己关在家里。她的朋友阿梅担心她，于是到她家里跟她谈心。

失恋的女人最喜欢倾诉。阿枫哽咽着对阿梅说："我就是不明白，他怎么会对我这么狠……要知道他之前可是承诺要给我买两克拉的钻戒，两百平方米的房子，还要带我去环游世界，要陪伴我一辈子……他给了我这么多承诺，我根本想不到他会离开我……他既然要离开我，当初为什么要给我这么多承诺呢？他应该很爱我的，可为什么说走就走呢？我就是这一点想不通！"

阿梅听了后抿了抿嘴唇，欲言又止。

"你有什么想法吗？"阿枫问——失恋的女人是非常敏感的。

阿梅又抿了抿嘴，斟酌再三后还是说了："其实，阿枫，我觉得他应该不是很爱你。也许……一开始就不是那么爱你。"

"怎么可能呢？如果不爱我，他当时为什么要给我那么多承诺？"阿枫的眼睛瞪圆了。

“唉……”阿梅叹了口气，“你先别急……你先听听我父母的故事，你就明白了。在我爸爸和我妈妈年轻的时候，物资很匮乏，大家都很穷，但是我爸爸家比我妈妈家更穷。我爸爸爱上我妈妈，但是因为自己穷，不敢求婚。为了让自己可以配上我妈妈，我爸爸就拼命地干活儿挣钱，累死累活终于盖了一间新房。他用剩下的钱买了一枚金戒指，然后把戒指和房产证捧到我妈妈面前，向我妈妈求婚……如果一个男人真的喜欢你，他就不会轻易承诺以后给你什么，而是会先把一切都捧到你面前。”

钱与情

阿发和阿凤是一对夫妻。他们刚结婚的时候很穷，家里几乎没有一件家用电器，因此阿凤数九寒天都要用冰冷的水洗衣服，三伏热天都要在烟熏火燎的厨房里做饭。因为日子过得不舒心，阿凤几乎天天都要和阿发吵架，阿发对此焦头烂额，心想这些都是因为他没有钱造成的，于是便努力琢磨赚钱的门道，终于因为一次投资发了财，之后生意越做越大，成为大富翁。

有了钱之后，阿发给家里添置了最先进的家用电器，并给阿凤雇了保姆，叫她再也不要做家务和工作了，安安稳稳地在家里做阔太太。他心想这下阿凤该心满意足了吧，结果阿凤还是天天和他吵闹。

阿发对此茫然不解，忍不住质问她："以前因为我没钱，让你吃苦，你天天找我吵。现在我有钱了，不让你吃苦了，你怎么还找我吵呢？"

"你以为我之前吵架只是为了钱吗？"阿凤伤心地说，"我之前跟你吵架，是因为不管我做家务做得多累多苦，你都像没看见似的，不仅不帮忙，连句热乎话都不对我说，就像我吃那些苦是理所当然……而我现在跟你吵架，是因为你天天只顾着赚钱，把我扔在一边不管不问……我跟你吵架是因为你根本不关心我！你却把一切都归咎在有钱没钱上，一开始就错了！”

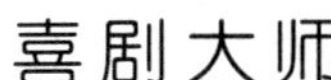

喜剧大师

有位喜剧作者，本来很贫穷，结果因为善于从生活中寻找笑料，创作各种喜剧被人发掘，成为一位闻名遐迩的喜剧新秀。他拥有了大房子、巨额的存款、门房和司机，从此跻身上流社会。然而令人意想不到的事情发生了，他刚刚出名，就有了江郎才尽的感觉，再也创作不出有趣的喜剧。他对此十分迷惑和恐慌，于是找一位喜剧大师商量。喜剧大师想了想后说："那你就仔细回想你以前的生活，仔细回想一下，你就知道该如何创作了。"

喜剧作者按他的话，果然又感觉文思泉涌。他创作了一个喜剧，一如既往地大获成功。但是，他依然不满足，只好又去找喜剧大师："大师啊，我能从以前的生活中汲取笑料固然是好，可是如果我只能从以前的生活里汲取笑料的话，依然是件令人头痛的事情——那证明我可以创作的范围太窄了。"

"哈哈，"喜剧大师笑了笑，"看来你还没有明白我的意思。喜剧是来源于生活的，为什么你成名后无法创作新的笑料呢？那是因为你对新的生活还不够熟悉，而且不能驾驭。你之所以能从以前的生活里汲取笑料，那是因为你对以前的生活足够熟悉，而且可以成功驾驭。我让你回想过往的生活，就是想叫你明白这个道理。等到你熟悉新生活，并能驾驭它的时候，你自然会感到素材滚滚而来。”

你要想从自己的生活中得到乐趣，必然是在你熟悉和驾驭生活之后。当你对一种生活觉得惶然和苦闷的时候，千万不要慌张和绝望。等你熟悉它，驾驭它之后，乐趣自然会来。

穷人与富人

从前有一个穷人，生活过得十分清苦，收入所得只够糊口，生活必需品之外的任何东西对他来说都是奢侈品。有一天，他想给自己买一个新梳子，从口袋里掏出仅剩的几个硬币，盘算着什么时候买才划算的时候，忽然无名火起，恨恨地把硬币摔在地上："连买个梳子都要精心算计，这种狗都不如的人生，要来干吗？！"

他越想越生气，就打算上吊自杀，一了百了。而不知为何，他每次把绳套套上自己的脖子，绳子就会自己断掉。不管换了多少结实的绳子，都是如此。他感到很奇怪，便四下寻找，结果在房梁上找到了一个指头大的、浑身发光的小人儿，背后还带着一双翅膀。

"你是天使吗？"穷人惊诧地问。

"是啊。"天使笑着答道。

"是你不准我自杀吗？你为什么不让我自杀呢？我现在死了比活着好！"穷人异常愤怒地说，同时悲从中来，哭起了鼻子。

"我没觉得你的人生很差啊。"天使不以为然地说。

“怎么不算差呢？”穷人火冒三丈，“我连买把梳子都要算计着来，而那些富人却是要什么有什么……”

“原来你是觉得自己想得到一件东西很困难，而富人想得到什么都不困难，对吧？！”天使若有所思地说，“那我就让你看看别人的生活吧。”说着便飞起来，在墙上画了一个大大的圆圈。接着，里面便像电视显像一样，出现了一个场景：一个西装笔挺的成功人士模样的人——应该是个富人，正在对着电脑发愁。从他眉头紧皱的样子看。他犯愁的程度一点儿都不比穷人低。

“他在因为自己的空闲资金还不够买一架私人飞机而发愁。”

“什么？”穷人的嘴差点咧到耳朵根，“那他有什么可犯愁的？”

“他也是因为没法得到想要的东西而发愁啊。”天使笑嘻嘻地说。

“得了吧！”穷人简直觉得天使是在耍他玩儿，不由得火冒三丈，“私人飞机那么奢侈的东西，要不要都无所谓吧。我那可是梳子，是必需品啊！”

“私人飞机对他来说也是必需品啊。他每天因为生意的关系，要频繁地坐飞机，在世界各地飞来飞去。每天的时间都是有限的。如果他可以买一架私人飞机的话，就可以节省在空中的时间，多省出点时间来陪家人。如果他没有私人飞机的话，他几乎每天所有的时间都要耗在天上了。因为他没有空陪家人，他的孩子已经对他很生疏了。”

穷人不说话了，半晌后才低低地说：“看来富人们过得也不是太容易……偶尔也有为钱发愁的时候，只不过愁的是大钱。”

“是啊。”天使语重心长地说，“其实生活都是相通的，再富的人都有买不到的东西。不能说富人的生活就和你一样，但也不是毫无烦恼。这样的话，你心理是不是平衡了些呢？”

穷人抿着嘴没有说话。虽然天使的话没有让他完全释怀，但是至少让他不想去死了。

“保持好的心态，努力吧。”天使微笑着说对他说，“你会过得更好的。”

穷人后来果然保持着良好的心态努力工作，他牢牢记着一件事：不用羡慕别人的生活，任何人过得都不易。只要努力让自己的生活更好就行了，他很快就摆脱了贫困。

保　持

小张和小李在大学时都学了阿拉伯语，本想以后能有机会去阿拉伯地区进行国际贸易。然而理想很高，现实很矮，他们毕业后都只考入了一个内地的小公司，连说英语的机会都很少，更别说用阿拉伯语了。

对此小张很是感慨，说他们的阿拉伯语白学了。

“这可不一定啊。”小李说，“也许有一天它还有用处，而且我们毕竟费了好大劲学它。就这样把它抛开，太可惜了。”

“得了吧。”小张一撇嘴，“以后也许有用我承认，抛开它可惜我也承认，但是阿拉伯语超级难的，就算要温习它，也要耗费很大的精力，你我现在要上班，已经不像大学时那样有时间了，学得来吗？”

小李对此无法反驳，但是实在不甘心就这样把阿拉伯语扔了。于是他每天读一二十个单词，读一小段阿拉伯文。虽然每天的温习很少，他还是坚持了下来。

有一天，公司破天荒地和阿拉伯的商人谈了一桩生意。等阿拉伯商人出现在公司里的时候，大家都把目光投向了小张和

小李。小张十分尴尬——他脑子里虽然还有阿拉伯语的单词和句式，但是已经十分模糊，是否是对的他已无法确定。而小李只是沉默了片刻，接着一张口就是流利的阿拉伯语。小张十分惊诧，等会谈结束后，抓住小李悄悄问："你是不是每天都抽出大量的时间温习阿拉伯语，工作这么忙，你是怎么抽出时间的？"

"我没有怎么大力地温习啊。"小李笑了笑，"我只是每天接触一点儿，温习一点儿，结果阿拉伯语就一直在我的脑子里，非常清楚。"

不仅是语言，任何技艺，只要每天接触，每天练习，哪怕只练习一丁点儿，都不会丢失。如果彻底抛开，很长一段时间都不去碰的话，就会真的丢失。

人生与旅程

从前有位哲人，他有两位徒弟。他们对人生有着不同的解读。大徒弟认为人生就应该建功立业，其他一切都不重要。而小徒弟认为，人一旦死亡，任何东西都不再有意义。即便你在世时是世界之王，死后也一切成空，因此人应该只注重安享闲适。两个人的观点迥异，谁也说服不了谁，最后闹到了哲人那里，请哲人做裁断。哲人听了之后没有回答，先叫两个人各按他的想法做一件事，做完了他们就会明白。

哲人先在风景优美的树林中间找了块草地，在上面搭了一个窝棚，叫小徒弟住在里面，三天都不要走出这块草地。然后他又在一个溪谷——本地公认的风景最美的地方——撒下了一些做有记号的石子，叫大徒弟在三天之内把它们都捡回来，然后再来找他。

三天之后，大徒弟和小徒弟都回来了。哲人先问小徒弟这三天的感想。

“老师，那里的风景真的很美！”小徒弟答道，“我感到心旷神怡。可是三天来一直在那里，又难免觉得有些闷。”等小徒弟说完，大徒弟骄傲地把衣兜里的石子给哲人看——他一

脸疲惫和泥尘，衣服也被荆棘和乱草刮破了无数处。

“哦，你把石头都捡回来了啊。”哲人微微一笑，“溪谷的风景也很美吧。你看到哪些美景了？”

“啊？”大徒弟一呆，然后说，“老师，我一直在专心致志地捡石头，根本没有注意到身边的景色。”

“哈哈，”哲人笑了起来，“这就是人生的答案了，你们明白了吗？”

两位徒弟一怔，然后露出了若有所悟的神情。

“人生就是这样的。”哲人缓缓地说，“如果过分贪享闲逸，就等于在一个地方止步不前。无论那个地方风景多美，最终都会心生厌烦。而如果把精力都放在建功立业上，就好比在风景绝美的溪谷里低头捡石子，虽然最终找到了所有的石子，但错过了本该享受的美丽景色。所以人生既不可只贪安闲，也不可只顾建功立业，两者都是虚度年华。”

岁月的礼物

有位H君，操劳了半生，却一无所成。他感到十分苦恼，找自己的叔父倾诉："叔父，我感觉我这半生真是白过了！一直都很劳苦，却什么都没得到！"

叔父看了看他。从一定程度上来说，他说得也不错。他没有房子，没有存款，没有事业，也没有像样的学历。不过他不能对他这样说，否则他必然会抑郁得想死。他必须得想个方法，安慰H君。

他不动声色地思索着，目光落到了墙上那一排照片上，忽然有了主意。

"你还记得那件事吗？"叔父从墙上摘下了一个相框，里面是一座山，"我记得你十五岁的时候，到山里去抓蟋蟀，结果不小心迷失在山里。你当时吓坏了，疯了一般地到处跑。结果我发动了全村的人，找了三天才找到你……如果现在你再在山里迷路的话，你会怎么办呢？"

"如果再在山里迷路，我就不会那么慌张，到处乱跑了。我会找个安全的地方，等着大家找到我。"H君答道，他不知道叔父干吗要问他这个问题。

叔父笑了笑："那你还记不记得，在你二十六岁那年，你交了一个酒肉朋友，叫你给他担保一个买卖。你出于义气，给他担保了，结果他捐款逃跑，害得你给他赔钱……要是现在的你再遇上这种事，你还会受骗吗？"

"我是绝对不会再受骗了。"H君说，"如果是现在，我就能看透那种人的本质，绝对不会给他做冤大头。"

叔父舒心地笑了，然后语重心长地说："你看，你并不是什么都没得到。"

"啊？"H君暂时没懂叔父是什么意思。

"你积蓄了很多阅历啊。阅历可以给你智慧，教你躲避危险，避免错误。是人生最宝贵的礼物。"

有一种礼物，岁月会给所有人，那就是阅历。

肥　肉

之前有位老婆婆，心地非常善良。有一天，她家旁边搬来了一户人家。父母白白胖胖，面色红润，儿子却是面黄肌瘦。老婆婆便怀疑孩子受到虐待，找人一打听，听说孩子的母亲早死，现在在家里的是他的后母，就更怀疑了。

她偷看孩子的饮食起居，发现后母每天只给孩子吃稀饭咸菜，而自己坐享大鱼大肉。老婆婆非常生气，又实在可怜那孩子，便煮了一大碗肥肉，给孩子吃了下去。孩子吃完后就去玩了。没想到不久之后，她竟然听到那边闹得鸡飞狗跳，走到墙根下一听，原来是孩子大吐大泻，听起来情况危急。老婆婆特别愤怒，怀疑是后母给孩子下了药，立即找到保长，说明情况。保长听了后觉得事关重大，立即到衙门报官。县官立即派人把邻居男女主人都拘了去。老婆婆作为见证人，也跟着去了衙门。

在公堂上老婆婆历数邻居家娘子对儿子的虐待，愤愤地说："自从他们搬来之后，我从来没见他们给孩子吃过荤腥，自己却大鱼大肉吃得挺欢。所以我看不过去，便自己掏钱弄了碗肉，给孩子吃了……"

孩子的爸爸本来一副不明就里的样子，听到老婆婆这么说，忍不住捶地大骂："你这自作聪明的老笨蛋！我儿子就是被你害得犯病了！"

"什么？"老婆婆呆住了。

"你不知道，我儿子患有胃病，不能吃荤。一旦沾到荤腥，就会肠胃不适……你竟然给他吃了一大碗肉，怪不得他大吐大泻！"

做好事的时候也切忌想当然。在没有弄清所有情况的时候做好事，也可能好心办坏事。

成功之后

从前有个年轻人，非常想成功。他觉得只要能成功，不管付出什么样的代价都没有关系。然而即便他成功的欲望如此强烈，他却没有任何可以成功的资本，除了一个无人问津的商业企划。他没有办法，只有想办法找人帮助他。

在这个城市里，有个老头，脾气怪异，但是十分有钱。年轻人便想找他作为自己的投资人——他不得不这样做，因为他的商业企划如果要运行，必然耗资巨大，只有这个老头的财力可以承受。他知道自己直接上门去请他投资一定会被赶出门外，于是就琢磨其他的办法。

碰巧老头的仆人因为受不了他暴戾的脾气，打道回府了，年轻人便上门去主动要求当仆人。他的打算是，先想办法争取老头的好感和信任，之后再请他投资。然而给这种人当仆人，是要抛弃所有的自尊的。年轻人在给老头当仆人的时候，不仅要满足他各种荒谬的要求——比如在老头睡觉时，要撵走他庭院里的所有蟋蟀；他看鸟窝不顺眼，就要移走附近树上所有的鸟窝；还要忍受他的各种嘲讽和羞辱。然而为了博得他的好感，年轻人只好昧着良心竭尽全力地对他阿谀奉承，甚至扮作各种恶心可笑的东西来博他一笑。

终于，老头对年轻人的好感足够了。年轻人便适时地拿出商业企划，细心地向他讲解。老头仔细考虑后觉得的确有利可图，便拿钱出来让他运作。结果不出意料，年轻人的生意大获成功，在付给老头应得的那一份后，他还有很多钱余下来，足够他继续开展事业。年轻人的事业越做越大，很快就变成了富甲一方的富翁，而那个老头也因为年老而自然死亡。

按理说年轻人现在已经不需要再为任何事情伤神，但不知为什么，回忆起他成功的路途，他感到无比的揪心。想起他曾经抛弃尊严，卑躬屈膝地讨好那么一个老家伙，甚至还满脸谄笑地忍受他的各种羞辱和折磨，他就感到非常的痛苦和羞耻。而反观他当时的想法，可是抛弃一切自尊都无所谓的。他对此感到很迷惑，只有找一个智者解惑。

“这个并不奇怪。”智者如此答道，“现在你成功了，心境已经变了。一个人成功之后，就会不由自主地希望自己的人生从头至尾光华灿烂，完美无缺。所以即便你觉得那是为了成功而不得不做出的牺牲，你依然会觉得很遗憾。”

人如果为了成功而做了羞耻的事情，成功之后十有八九都会后悔。成功越大，后悔越大。

假面人

从前有个农夫叫乔治，他一直觉得刚搬来村里的爱德华很不顺眼。在其他村民看来，爱德华是个难得的好人，一直笑脸迎人，对谁都很客气，也乐意帮助别人。但在乔治看来，他总觉得爱德华那张笑脸是假扮出来的。他对谁都很客气，像是因为他特别害怕惹麻烦。什么人怕惹麻烦呢？恐怕就是隐藏着什么怕因争执而暴露的人。而乐于帮助别人，则像是特意收买人心。

因为这种感觉，乔治一直对爱德华很不友好，有些时候甚至对他冷嘲热讽。他对爱德华异常的态度使爱德华很不舒服，也因此引起了其他村民的诧异。爱德华便把乔治单独约到一个地方，想和他好好地谈一谈。

"乔治，如果我做了什么让你不开心的事情，我保证我只是无心为之。如果我有做过这样的事情，希望你能对我明白说出来，我一定改正。"爱德华还是那副大好人的样子。

"得了吧。"乔治轻蔑地说，"不用再装了。我知道你一直戴着个假面，你根本不是你装出来的那么好。虽然不知道你到底在隐藏什么，我只知道我讨厌你，也不想和你做朋友。"

说完后他拂袖而去。

乔治走了一段路之后，忽然感到脑后一痛，接着扑倒在地。是爱德华追了上来，用棍子对他一通乱打，把他打死了，然后低声冷笑："是的，你说对了。我是个杀了人的逃犯，为了逃避追捕才到这里来的。你目光很敏锐，但也因为这个，你必须得死！"

当发现一个人戴着假面生活的时候，千万不要贸然拆穿他，因为你不知道他的假面下隐藏的是什么。

世界对你的态度

在摩根丢了工作之后，他觉得整个世界都对他坏透了。他揣着最后一周的奖金从公司里气闷闷地走出来时，扫大街的阿姨把肮脏的扫帚碰到了他的鞋上。街道这么大，她却单单把扫帚碰到了他的鞋上，似乎是专门寒碜他。摩根很生气，但是不想引发争执被以前的同事看到笑话，便只有恨恨地离开。

为了暂时摆脱忧愁，他到小酒馆借酒消愁，老板给他的是酒味淡薄的酒和难吃得要死的菜。他本来想要发作，但想到自己已经失业，不便再惹麻烦，便丢下酒菜结账回家，结果在门口遇到一个非要找他要钱的乞丐。他不想给他钱，结果看到乞丐带着鄙夷和恶毒的目光看着他，就像在嘲笑他是个连一个硬币都掏不出的人。为了维护自己的尊严，他狠狠地扔给他一个硬币，一路跑着回家，结果却因为看门老头儿睡着了，根本进不了公寓楼的大门。他好不容易把看门老头儿叫醒，走到自己家门口，想从信箱里拿出信件，却发现信箱卡住了。他找房东太太报修，房东太太却恶声恶气地对他说，今天已经太晚了，有什么事明天再说吧。

这时候摩根终于忍无可忍，简直要绝望了，回到房间后忍

不住打电话给自己的友人倾诉，问他为什么整个世界都要和他过不去。友人听了后，沉吟了一小会儿，然后淡淡地对他说："不要担心，等到你找到新工作的时候，整个世界会对你重新友好起来的。"

只要找到工作，就能让整个世界对他改变态度吗？摩根半信半疑。他一直都有记日记的习惯，于是就把这些事情都写到了日记里，包括自己的疑问。

两个星期之后，摩根找到了一份新的工作，找到工作时忽然想起自己两周前的遭遇，以及当时的疑问，便带着半是求证的心态和半开玩笑的态度"故地重游"。在以前的公司大门口不远处，他再度被清扫垃圾的阿姨的扫帚碰到了鞋子，摩根却看出这位阿姨年纪大了，视力不太好，行动也不太灵便，扫地的时候一直拖泥带水，碰到他的鞋子应该只是不小心。他走进当时的菜馆，要了和当初一样的菜和酒，结果发现菜虽然不是很美味，酒也不够醇厚，但是还是可以凑合。吃完饭后他走出酒馆，在街角里看到了那个乞丐，他朝那个乞丐走过去，结果乞丐依然凑过来向他讨钱，像上次一样直着眼睛看着他。结果这次摩根看出他的目光既呆且滞，应该是智力上有些问题，而不是特意用目光逼迫他。他便给了他几个硬币，走路回家。这次回家时间还是很晚，看门老头儿已经睡着了。他把老头儿叫醒，心里还有些歉疚，觉得自己回来得这么晚，老头儿即便发脾气也是应当的。然而老头儿并没有发脾气，只是默默地给他开了门。走到家门口后，他觉得信箱的开关依然不利索，虽然想要找房东太太来修，但想到现在已经很晚，叫房东太太起来不合适，便打算第二天再向房东太太报修。

摩根走进自己的房间，坐在桌子前看自己的日记——他发现好像世界真的重新对他友善起来了，觉得很不解。他看着自己那天气急败坏写下的日记，那天的情形在脑中放电影般慢慢滑过，对比今天发生的事情，他忽然明白了。

世界也许一直都是那个样子，只是他的心情改变了而已。

有时候，世界如何对你，取决于你看它的心情。

认 同

爱华是个很要强的女孩。有一天，她发现有一群人很不待见她，总聚在一起议论纷纷，说她长得太胖了。要强的爱华自然不能忍受这种议论，便每天缩减食量，早上晚上都锻炼，终于把体重减了下来。

减重成功后爱华本以为这些人会就此闭嘴，没想到他们还是议论她，只不过议论的话题变了：他们说她普通话说得不标准，听起来有股怪怪的感觉。爱华感到很生气，便又开始苦练普通话。一段时间之后，她普通话已经说得很好了，却意外地发现他们还在议论他。这次是说她学习成绩不够好，虽然凭借语文和历史可以拿到高分，但是数学物理也不怎么样，拿到高名次都是虚的。

爱华非常生气，又开始苦学数学和物理。终于，她的数学和物理都能够拿到高分了，那些人议论的话题又变了，这次是说她鼻子不够高。

爱华这下没辙了，也崩溃了——她总不能去把自己鼻子垫高，这些人为什么就是不认同她呢？她忍不住回家向妈妈抱怨。妈妈听了后，却只是轻描淡写地说了一句话："你为什么非要他们认同呢？”

世上就是有这么一些人，不管你怎么努力，都不会认同你。

生　意

鲁清之前是个读书人，因为家道中落，无法再安心地坐在家里读书，只有出来赚钱养家。因为他肩不能扛手不能提，只有做点小买卖。他看前人的经验，觉得还是通过把东西贩运到不同的地方比较省事和赚钱。

有一天，他听说有个地方红糖比较紧缺，便赶紧买了红糖，贩到那个地方去，却发现那里红糖的价格根本不高。他不仅没有赚到钱，还赔了不少。他垂头丧气地回来，心想也许是自己信息来源不准，决定以后要对信息仔细甄别。不久之后，他又听说一个地方生姜比较紧缺，带来这个信息的是他的一个好朋友，而且这个好朋友平日办事非常靠谱，便觉得这个信息一定比较可靠，便赶紧买了姜赶过去，结果竟然发现那里姜的价格根本不高。他感到很愤懑和不解，找了个当地人问这到底是怎么回事。当地人说本来这里姜是挺缺的，价格也比较高，但是这里“姜价高”的消息传了出去之后，各地的姜贩子都到这里来卖姜，结果导致姜又变多了，结果姜价就跌了。

问清缘由后，鲁清觉得自己这次是动作慢了，决定下次一定要行动迅速。结果过了一阵子，又听到一个地方明矾比较紧缺，他赶紧飞速赶过去，路上几乎都没敢歇，结果到了地点，又发现有好多人已经把明矾贩来了，明矾的价格又是大跌。

鲁清对此只有干瞪眼的份儿，灰溜溜地回去，忍不住向一个老生意人抱怨。老生意人听了后哈哈大笑："后生啊，你还是不明白……消息啊，它有一个传的过程。它传到你这里，也会传到别人那里。就算你是第一批知道这个消息的人，同样也会有很多人跟你抢商机，更何况你还不是第一批知道消息的人。人人都是逐利而动，你去卖，人家也去卖，怎么着都会出现供过于求的情况。所以做生意啊，不能等别人给你消息，要自己发现商机！"

厄　运

从前有位皇帝，带着一群文武大臣打下了江山。等他坐稳江山后，却又发起了愁。他手下的这些文武大臣有多大的本事，他是明白的。他还在世的时候尚能镇得住他们，可他的后代呢？他的儿子虽然不是昏庸之辈，但毕竟不是从刀霜剑雨里过来的人，要对付这些老臣，恐怕还差点火候。皇帝越想越害怕，结果想出了一条毒计。

他先是派人用慢性毒药毒死了几位武将，让他们看起来像是患病而亡，随后又捏造了几个罪案，把几位文臣下狱处死……帮他打下江山的老臣们就这么被收拾干净了。皇帝这才放下心来，以为自己的儿子可以坐稳皇位了。过了几年老皇帝就死了，他的儿子登上了皇位。小皇帝登基不久，邻国的君主发兵侵略。小皇帝赶紧调兵遣将抵挡，结果却一败涂地——当初陪着老皇帝打江山的、真正懂得打仗和献计的武将文臣都已经不在了，剩下的都只是没经历过战争的中看不中用的臣子。邻国剽悍的军队势如破竹般打到都城，把小皇帝抓住杀掉了。

如果当初那些武将文臣还在，小皇帝说不定还能打败邻国的军队。而他那自以为聪明的父亲却在他登基之前就把他们除掉了。小皇帝没有死于国内的叛乱，却死于邻国的军队之手，恐怕是老皇帝怎么都想不到的。而且他的行为，等于间接帮助邻国消灭自己的国家，杀死自己的儿子。

有时候，一个人越是想躲避厄运，就越是会和厄运撞个正着。

保持美丽

玉兰是个非常爱美的女人，从小就非常喜欢打扮。有一天，她在镜子里发现自己有了一丝衰老的迹象，当即吓坏了，赶紧开始保养。她翻阅了很多有关美容和保养的书籍，为了保持身材，每天都坚持运动和做瑜伽；为了保持皮肤的白嫩，每天吃大量的蔬菜和水果；为了保持青春，每天都在脸上涂抹很多营养品。然而令她沮丧的是，她依然看到镜子里的自己一天天地衰老下去。她非常恐慌，便去咨询专业的美容师。

美容师给她开了一份苛刻的保养计划，每天吃的食物从种类、数量和烹调方式上都有苛刻的要求，不能吃菜单以外的任何食物，菜单上的食物也不可以吃过量，多吃一口都不行。每天要用特定的东西补养肌肤，比如海底泥什么的，品种繁复，连洗脸都要用特别处理过的水。每天要做各式各样的美容操，每天都要做够量，少做一次都不行。除此之外，还要定期吃一些美容药物……这些玉兰都做到了，感到身心俱疲。然而即便这些严苛的要求她都做到了，她看着镜子中的自己，依旧觉得很不满意，感觉自己还在衰老，而且皮肤和容貌虽然粗看上去还算青春，但仔细看来显得怪怪的。

对此她感到很丧气，不明白为什么自己这么努力地保持美丽，却是收效甚微。有一天她去参加朋友聚会，意外地见到了一个七八年没见过面的老朋友冰云。冰云不施脂粉，穿着随意，看起来竟然和七八年前差不了多少。玉兰很是诧异，连忙问她到底用了什么保养方法，冰云却说她根本没有特意保养过。玉兰简直不敢相信自己的耳朵，忍不住把自己刻意保养却依然在衰老的事情跟她说了。

冰云一开始不明白，在听她说完之后却明白了，语重心长地对她说，她这么刻意保养，说不定就是她衰老的原因。因为她为了保养，天天不得不做这些令她感到痛苦和烦琐的事情，痛苦和烦琐是最会催人老的。而她因为担心衰老，天天处在焦虑的情绪里，而焦虑的情绪同样会让人老。而她冰云之所以不显老，是因为她每天保持着轻松的心态，过自己想要的生活，没有被这些情绪困扰，也没有因为保养折磨自己。

越是怕老越会老。

真正的磨炼

有个叫亮亮的小男孩，立志成为一名歌唱家，却非常害怕在很多人面前表演。好不容易有了一次登台表演的机会，他却因为紧张而唱得一团糟。

他对此很苦恼，一个人对他说，他这应该是歌艺不过硬，以及意志力不强的结果。亮亮便想办法提高自己的歌艺和意志力。他每天抽出几个小时，专门练唱，然后每天都起早跑步——他听说运动是提高人心理素质和意志力的最好方法。他努力了很久之后，歌艺已经达到了很高的水平，听过他唱歌的人都说好，而他的身体也因为锻炼而变得十分强壮。他看着镜子中的自己，发现自己的眼睛炯炯有神，甚至可以明显地感觉到自己体内勇气的充溢。他觉得自己应该可以去表演了，没想到自己又是在表演前一段时间就感到十分紧张，上台后又因为紧张而唱得不尽人意。

这次亮亮觉得自己完全是意志力方面的问题，又开始锻炼自己的意志力，尝试了各种各样的方法——比如站在瀑布下任瀑布冲刷，在寒冷的早晨用冷水擦身等等。他觉得自己的意志力已经足够坚强了，又去尝试表演，结果没想到在表演前依然很紧张，表演时只把实力发挥出了十分之二。

亮亮非常的迷茫，也非常的绝望。然而就在这时，他遇到了小时候的一个朋友。这位朋友和他有着相似的毛病，甚至比他还要严重——亮亮只是害怕在很多人面前表演，而这位朋友是一跟陌生人说话就脸红，磕磕巴巴地说不出一个完整的句子。他们只是在小时候一起玩过一段时间，之后就分开了，现在才重逢。重逢时亮亮惊讶地发现，这位朋友无论对谁都可以气定神闲地侃侃而谈。他非常想知道他是如何做到的，想向他取经。然而他又不好意思直接就问，便先把自己“磨炼失败”的苦恼跟他说了。

朋友听了后苦笑了一下：“我明白了……你是想知道自己为什么失败了吧？其实原因很简单。你对自己的磨炼，其实并没有用在点子上。”

“啊？”亮亮一呆，“可是我真的做了非常艰苦的修行……”

“那是没用的。”朋友意味深长地说，“老实说，你只是选择了一种自己喜欢的磨炼方式而已。越是讨厌什么事，就越要去做什么事，那才是真正的磨炼。讨厌一件事，却以去做其他的事情作为磨炼，其实是一种逃避的方式。我之前怕跟陌生人说话，为了摆脱这个毛病，我就专门去找陌生人说话，怎么丢脸都不怕。久而久之，就不怕跟陌生人说话了。”

辛苦过度的结果

阿努是个胸怀大志的年轻人，立志要干出一番大事业。然而他家里没有钱，也没有什么人可以帮助他，而他更不想为了成功而做什么龌龊的事情。所以他唯一可以做的，就是加倍努力工作，阿努非常清楚这一点。于是，他白天打很多工，为自己的事业积累资财，晚上则刻苦学习各种知识，为自己以后的事业发展提供文化保障。除了吃饭和睡觉，他几乎没有什么休息的时间，即便是吃饭和睡觉的时间也被压缩得很厉害。

他的朋友们觉得他这样太极端了，劝说他好歹给自己留一点儿娱乐的时间。阿努全当耳旁风。渐渐地，在这种生活模式下，他慢慢变成了一个脑中只有工作和学习的人，除了学习和工作，什么都不想，什么都不做，即便好不容易闲了下来，他也只会想到学习和工作，其他的东西根本都不会想，也不想想。这种状态很极端，他却觉得这种状态很好，是他走向成功的最佳保障。

经过多年的奋斗之后，他终于成功了，也感到了深深的倦怠——没有一种激情是永抽不尽的，再旺盛的精力也会枯竭。阿努开始觉得工作枯燥无味，他现在已经成功了，应该可以休息娱乐一下了。然而阿努惊讶地发现，即便他想要休息娱乐，却好像已经失去了娱乐的能力。他以前的爱好都已经离他远去，面对它们他已经提不起兴致。他现在想玩什么呢？他也不知道。看着别人的快乐，他根本无法感受，更别说采取一样的娱乐方式。他能做的，似乎只有呆呆地坐着，脑子里想到的，依然是工作和学习——他想到它们时感觉并不快乐，但是多年来他脑子里想到的只有它们，现在即便闲下来了，他能想到的也只有它们，即便想到它们的时候，感到的也只有枯燥和倦怠。

阿努现在才明白，过分的努力工作也是会有副作用的，那就是会让人失去娱乐和感受快乐的能力。对此他非常后悔，但似乎已经来不及了。

正确的道路

从前有个牧羊人，家里非常清贫，只有几只羊和一个窝棚。但是他每天都十分快乐，早上赶着羊上山坡去吃草，自己则躺在树上，睡在青草上，看着蓝天白云，呼吸着弥漫着青草味的新鲜空气，舒舒服服地过一天，晚上回到家则点起煤油灯写诗写歌，累了就美美地睡一觉。

他对自己的生活非常满意，却有人对他的生活不满意。渐渐地，有很多亲朋好友陆续跟他说，他维持这样的生活状态是不行的，他要为自己的将来打算，应该想点办法，找个赚钱的行当，否则他之后会后悔的。一开始，牧羊人只把这些话当耳旁风——他觉得自己现在的生活幸福快乐，根本没必要改变。但是被人说得多了，他就有点迷茫，不知道该选哪条生活道路，忍不住跑到邻村，和一个博智的老者商量。

老者听了牧羊人的话后，未置可否，只是问他："你既然觉得自己的生活幸福快乐，为什么又觉得自己需要改变呢？"

"我现在的生活是幸福快乐没错。"牧羊人愁眉苦脸地说，"但是我害怕未来……我害怕现在不改变，之后会后悔。"

“就是说害怕你以后不会幸福快乐，是吗？”老者淡淡一笑，“那你回忆一下你之前的日子，之前的日子你幸福快乐吗？”

“是幸福快乐的。”牧羊人答道。

“那你有担心未来吗？”

“没有。”牧羊人答道，接着略有所悟。

“是啊。”老者看着他的眼睛笑了，“你的现在，就是过去的你的未来。过去的你从来没有胡乱担心过，所以你的现在是快乐的。只要你能保持快乐的状态到未来，你的未来依然是快乐的。不管你选择哪条路，只要你能保持快乐，你走的路就一定是对的。”

道德模范

从前，有位老者，是位远近闻名的贤人，之所以远近闻名，是因为他比任何人都强调道德规范。只要看到其他任何人做有违道德规范的事情，他会立即义正词严地前去劝阻，再小的事情都是如此。有一天，一个放牛的小孩赶牛经过一户人家的墙根下。牛毫无征兆地拉了一泡屎，屎溅到了这户人家搁在墙下的鞋子上。

小孩觉得清理比较麻烦，准备溜走，结果被“道德模范”看到了，立即冲出来把小孩狠狠地批评了一顿，并且叫来了他的家长。他的家长很是生气，又把小孩狠狠地骂了一顿，并赔着笑脸向“道德模范”和鞋子被污的人家赔礼道歉。

小孩因为这件事很是沮丧，对“道德模范”有些仇恨，也想知道他到底是不是真的像大家认为的那样恪守道德规范——比起成人来说，孩子更敢于质疑一些约定俗成的事情。于是便拜托自己的几个小伙伴，偷偷地跟踪“道德模范”几天，看看他有没有做什么有违道德的事情。

一开始的几天，“道德模范”并没有被他们抓到什么错处。然而就在他们准备收兵的时候，碰巧发现，“道德模范”

有次内急，来不及找厕所，就在一户人家的后墙根下撒尿。孩子们大为惊诧，接着笑掉大牙，立即飞跑着把这件事告诉了所有人。大家惊诧之余开始仔细审查和打听“道德模范”曾经做过的事情，竟然发现他还做过很多其他的龌龊事。

对于某些人来说，道德只是拿来说别人的，而他自己做什么都行。

自 信

爱真是个在世俗眼里一无是处的姑娘。她长得不漂亮，学历不高，既没有钱，也没有男友。她对此很是沮丧，但提醒自己不能自暴自弃，一定要自信起来，否则就真的完了。于是，她要求自己自信起来，经常在自己的网络空间和微博里写一些“心灵鸡汤”类的文字，大意无非是就算自己不漂亮，学历不高，没有钱，没有男友也没有关系，自己通过努力，一定可以闯出自己的一片天空。她通过这些文字展示自己的自信，有时还会贴出自己一脸自信的自拍照。

她觉得这些东西应该可以引起别人的共鸣，获得别人的肯定，结果事实恰恰相反。总是有一些人在文章和照片下留言，冷嘲热讽，就像她碍着他们什么事了一样。爱真很生气，便不再写文章和贴照片，把网络空间和微博全都扔到了一边，埋头奋斗。

经过一段时间的奋斗，爱真在事业上获得了一定的成就，也得到了锻炼，成了一个心理强大、思想通达的女性。此时她再回头看自己当年发布的东西，觉得自己当初根本没有必要发布这些东西。

她现在才感受到，当时的她以为自己很自信，其实根本不自信。因为不自信，才会去刻意写那些文字，展示那些照片，强调自己是自信的。她发布那些照片，其实是渴望别人的认同，既然渴望别人的认同，又怎么能说是自信呢？所以才会被某些人看穿，遭到冷嘲热讽。

苦恼的心情

有位妇人，总是容易苦恼。自己的丈夫只是个摆小摊的，事业没有起色的迹象，她苦恼；她的儿子资质平庸，她苦恼；她的女儿长相不美，没有嫁金龟婿的希望，她苦恼……总而言之，她无时无刻不在烦恼，以至于茶饭不思，夜不能寐。

终于，她被自己的烦恼折磨得受不了了，找一个有智慧的老太太求助。

"这样啊。"听了她的诉苦后老太太淡淡地说，"你既然因为犯愁这么痛苦，那你干吗还要犯愁呢？"

"我不犯愁没有办法啊！"妇人愁眉苦脸地说，"你看我家里，东一摊子，西一摊子，都是要操心的事儿。我家里的那些个货色，也是烂泥扶不上墙，我怎么能不犯愁呢？"

"哦。"老太太想了想，就把窗户拉开，外面是淅淅沥沥的冷雨，湿冷的空气冲进来，黏到人的脸上，令人很不舒服，"你说外面这淫雨霏霏，是不是很让人烦呢？"

"是啊。"妇人的心里更加愁闷——满心愁闷的人的特点，就是很容易就愁上加愁，顿时叹着气说，"这个雨下到什么时候才是头啊？出去的时候又是一脚泥，唉。"

"你现在是为下雨犯愁了吧。"老太太不动声色地说。

"是啊，有点。"妇人皱着眉头说。

"可是它不照样下吗？"

"啊？"妇人乍一下没听懂老太太是什么意思。

老太太把窗户拉上，语重心长地说："不管你犯愁还是不犯愁，雨还是一样地下。同样，不管你犯愁还是不犯愁，日子还是一样地过。既然如此，何必要犯愁呢？"

既然犯愁不犯愁都一样，不如不犯愁。

宝　石

有一个农夫，有一天在田里锄地，锄头碰到了一个硬硬的东西。他拿出来一看，发现是个光华耀眼的石头。他虽然不认识这是什么，但是本能地觉得这是个好东西，便欢天喜地地把它拿回了家。

他的老婆正在灶台上做饭，看到他拿着这块石头冲进家来，不由得嗤之以鼻："你把这个石头疙瘩拿回家来做什么？"

"这可是个好东西啊！"农夫拿着石头给她看，"你看它多亮，多美啊！"

老婆仔细地看了看，更加嗤之以鼻："再亮也只是块石头疙瘩，你快把它扔一边去，赶紧去吃饭吧。"

农夫舍不得扔，便把这块石头藏在了自己的床下。有一天，村里来了一个据说见多识广的老学究，农夫就把这块石头给他看——他心想这块石头一定不一般，老学究一定能看出来。然而老学究只是拿着石头玩赏了一会儿，仅仅说这块石头色泽美丽，光泽透亮，并没有多说什么，背后却对人嘲笑说那个农夫把石头疙瘩当宝贝。

农夫知道自己被人嘲笑后很郁闷，但是依然相信这块石头是个宝。后来他发了笔小财，得以移居到城市里。他收拾好了所有值钱的东西，把那块石头也一并带了去。

有一天，他偶然结识了一位地质学教授。他和教授攀谈了一阵，发现他对矿石非常在行，于是就把他请到家里，请他看那块石头。教授看到石头之后胡子都抖了起来，惊诧万分地说："这是一块罕见的天然大钻石。"

农夫听到后一蹦三丈高，那份高兴劲儿简直别提了。他对教授讲起自己因为这块石头被误解的经历，又是生气又是嘲讽地说："真是真是，明明是这么贵重的一个宝物，那些人竟然都有眼无珠……"

"这个不奇怪啊。"教授哈哈大笑，"他们不懂行啊！"

给不懂行的人看宝物，他们肯定看不出这是宝物。对宝物是如此，对人才也是一样。

最了解你的人

迪安是个成功的银行家。在外人看来，他一切都是运筹帷幄，决胜千里，什么都打不倒他，什么都不能让他烦心。然而，没有人知道，他其实是个多愁善感的人。他的亲朋好友都没意识到这一点，都以为他就是大家眼中的那副样子。这多少让迪安有些困惑和遗憾。

有一天，迪安到美术馆欣赏油画，有一幅油画吸引了他的注意。那是一个坐在水边的小男孩，一脸青春的迷茫和愁苦，孤独地看着水面的浮萍。迪安觉得自己的心灵被击中了，便叫人拍了一张自己注视着油画的照片。

他把照片发给自己的女友，问问她有什么感想。女友如此说道："你看着这个小男孩，一定是觉得他很令人怜爱吧。你一定是动了帮助他的心，你真是个善良的人。"

虽然女友对他颇为恭维，但迪安只能暗暗地摇头苦笑，因为他心里想的根本不是这个，他想让她感受到的，也根本不是这个。他真的希望有人能够理解他的内心，怀着这样的想法，他把这张照片发到了社交网站上。关于这张照片，各式各样的评论都有，唯有一条吸引了他的注意力。

这条评论是这样的：“看迪安的眼神，大概是觉得这个小男孩像自己吧。不管他的外表看起来多么的强大，在他心里的某处，还住着这样一位小男孩。”

看到这条评论后，迪安顿时有了一种找到知己的感觉，非常非常想知道这位真正了解他的人是谁。因为找到知己的欲望过于迫切，他找到了一位互联网专家，帮他找到这个ID的主人——他只想先知道他是谁。

互联网专家不辱使命，很快就找到了这个ID的主人。当迪安看到ID的主人的时候，却不由得呆若木鸡。ID的主人叫约克，他生意上的死敌加宿敌。

有时候，最了解你的人，恰恰是你的敌人。

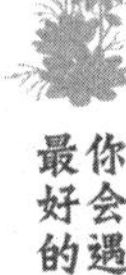

怕与不怕

从前有个叫大壮的人，一天到晚夸耀自己胆子大，尤其喜欢夸耀自己不怕蛇。他说自己从小就不怕蛇，不管什么时候见到蛇，一下就能捏到七寸把它制服，取出蛇胆泡酒喝那是常事。他说在他眼里，蛇还不如蚯蚓呢——蚯蚓要是被截成几段，还能变成几条蚯蚓存活，蛇可没这个功能。

因为他身强体壮，说这话的时候又是豪气干云，因此大家都相信他的话。之后有一天，有户人家的家里跑进了一条蛇，这家人害怕不敢捉，便跑来找大壮帮忙。大壮听了后说这根本不是个事儿，一边谈笑风生一边在手上涂满蛇药，身上也撒了一点儿，慢慢地走进这户人家。大家在外面静静地等捉蛇的结果，却忽然听到里面"嗷"的一声惨叫。

大家赶紧拥进门去，结果发现大壮四仰八叉地躺在地上，满脸通红，口吐白沫。大家以为他被蛇咬了，赶紧给他施救，却发现他浑身上下并没有被蛇咬过的痕迹。他只是被吓晕了。而在他脚边的不远处，是一条看起来非常像蛇的绳子——原来只是一条像蛇的绳子，就把他吓晕了。

有时候，当某个人过分夸耀自己不怕某个东西的时候，说不定心里其实怕极了。

射箭比赛

从前有位弓箭手名叫宏，一心想成为全国第一弓箭手。他刻苦训练了好久，然后去参加全国的弓箭比赛。前几轮比赛他发挥得很好，可就在最后一轮比赛的时候，他在拉弓放箭的时候犯了一个技巧性的错误——这个错误虽然很小，但是足以让他射偏，未中红心。宏很是沮丧，决定要牢记失败的教训，下次一定不要再犯。

这次比赛之后，宏开始了更加刻苦的训练，为了让自己不要再犯那个犯过的错误，他几乎每天都要闭目回想自己犯错的那个瞬间，向自己强调避免这个错误的方法。终于宏又迎来了比赛的机会。他在上场之前，又回想了一遍自己犯过的错误，然后上场比赛。

这一次他的确没有再犯那个错误，但是他输得更惨，因为他满脑子想的都是不要再犯那个错误，却连犯了几个其他技巧性的错误。

过度铭记自己某个方面的错误，会忽略事情的其他方面。如果在其他方面犯下错误，照样可能毁掉全局。

善待自己

阿茗是个可怜的女人。结婚一年自己的丈夫就变心了，跟她离了婚，跟情人逍遥快活去了。她无法承受这种痛苦，每天茶不思饭不想，很快就形容枯槁了。旁人劝她不要这样，她只是哀哀地说："我的命运就是这个样子，我怎么可能过得好呢？"

她这话乍一听还真有点让旁人无言以对。然而她的一个朋友不忍心看她自暴自弃下去，天天挖空心思想办法鼓励她。有一天，朋友在街上看到了一个人，和她攀谈了几句，忽然想到了什么，赶紧把阿茗拉到街上，去看那个人。

阿茗满腹狐疑地跟他到街上，结果看到一个坐在杂货店柜台里的女人。这个女人长得不算漂亮，但是一脸的神采飞扬，脸上带着一种能温暖人心的笑容。而她杂货店里的东西虽然也都是一般的商品，但一看都是精心挑选过的，摆放得也别出心裁，看起来就让人有种想买的冲动。阿茗也被这个女人的笑容感染了，但是依然不明白朋友叫她来看这个女人做什么。

就在这时，这个女人站了起来——她是撑着拐杖站起来的，从她走路的姿态来看，她的两条腿应该是假肢。

阿茗惊呆了。

“她两年前出了车祸，两条腿都断了。”朋友缓缓地跟她说，“她丈夫嫌弃她，跟她离了婚，把孩子也带走了，不让她见面。她父母早就去世了，也没有其他亲人帮助她。她是在社会上一些好心人的接济下渡过了难关，之后便努力开始新的生活了。”

阿茗目不转睛地盯着那个女人，觉得心里有什么东西被触动了。

“阿茗，”朋友语重心长地跟她说，“其实，不管命运怎样对你，只要你善待自己，不放弃自己，依然可以过得很好。她其实比你惨得多，但她依然可以过得很好。你只要愿意振作起来，你一定会比她过得更好的。”

错过的青春

阿穆是个中规中矩的乖孩子，从小到大一直努力读书，从没有进过歌舞厅。大学毕业后他找到了一个很好的工作，继续中规中矩地生活。然而，在他年过四十的时候，看到别人家的孩子肆意挥霍青春的时候，忽然觉得有些怅惘——自己在青春年少的时候可从来没有这样玩过，现在看来，他的人生似乎有些缺憾。

既然有缺憾，就要想办法弥补。他跟随邻居家十八岁的儿子去了歌舞厅——他觉得，即便已经四十多岁了，像年轻人一样疯玩一次，哪怕只玩一次，也算弥补青春了。然而邻居家的儿子对他的行为却颇不看好，觉得他这根本是在胡闹。

果然，因为已到中年，平时又不怎么运动，阿穆已经不能像舞厅里的年轻人那样灵活地活动筋骨，很快就累得气喘吁吁，坐到了休息区。

“叔叔，”邻居家的儿子苦笑着说，“你一定很累吧……这样说也许有些不礼貌，但是我觉得我还是说出来比较好……你现在明白了吧，年轻人的事情已经不再适合你了。虽然有些遗憾，但还是在什么年龄做什么事比较好。有些事错过了就是错过了，找不回来的。”

“没事啊，”阿穆喘了几口气，却依然满脸笑容，“虽然我已经不能像年轻人那样跳舞，但是我依然很开心啊。我是有些累，但累了休息一下就可以嘛！”

错过青春并不代表不能做青春的事情，只要适度去做，量力而行，就没有关系。

保护自己和保护全村

从前，在一座山上，住着一群强盗，经常集结起来，成群结队地下山劫掠村民。在这座山的附近有两个村子，一个叫黄花村，一个叫绿叶村。

黄花村里有户人家，户主叫李甲，非常富裕，怕自己家被土匪抢掠，就在自己家的外围筑起高高的围墙，并雇了几个武师看家护院。这些武师武艺高强，据说可以以一当十。有了这些后，李甲虽然不能说是高枕无忧，但也安心了许多，经常站在院墙里，用鄙夷的目光看着村子里的其他人家，心想你们不想办法做防护，到时候就等着倒霉吧。

绿叶村里也有个富户，户主叫赵乙，他也担心自己被土匪抢掠，却出钱在全村外围建起了高高的围墙，并花重资请来武艺高强的教头，教全村的青壮年武艺，之后更花钱从省城买来精铁好钢，为全村人打制自卫的武器，很快便把全村武装了起来。

不久之后，强盗们下来劫掠了。他们先是劫掠了黄花村。黄花村的其他村民固然损失惨重，而李甲家也没有幸免——强盗们破坏了他家的围墙，他家的武师虽然武艺高强，但依然寡不敌众，一个个地被打倒在地。李甲家所有的钱财被洗劫一空，房子还差点被烧了。

而强盗在攻打绿叶村的时候，情况却大不一样。绿叶村整个村子都环绕着高高的围墙，强盗根本就冲不进村里去。强盗想要破坏或者翻越围墙，村民们就在围墙后用箭射他们，几个侥幸翻越围墙的强盗没走几步就被武艺高强的村民们杀死了。强盗们闹腾了半夜，没有讨到一点儿好处，只好灰溜溜地离去了。绿叶村全村得以保全，没有一个人受到损失。

保护集体就是保护个人。当一个人所处的集体不堪一击的时候，哪怕个人再强，也依然很容易被打垮。而如果一个人所处的集体很强大，即便他是一个弱者，有集体的保护，他也不会轻易被攻击，即便被攻击了，也不会吃亏到哪里去。

红指甲油

安安是个家里很穷的女孩，却有一双非常美丽的手。因为手非常美丽，她不仅非常注意保护它，也希望给它做些装饰——她非常非常想给自己买一瓶叫作金莲红的指甲油。虽然这种指甲油每瓶只要十元钱，但是因为她家里实在拮据，一点儿闲钱都没有，所以她只能望洋兴叹。她把这个愿望写在了日记本里，期待这个愿望以后可以实现。

很多年之后，安安通过自己的努力，成了一位成功女性。一次在收拾家里旧物的时候，她偶然翻出了当年的日记本，看到少年时自己的愿望，不禁有种恍然隔世的感觉，但也有些惘然——现在的她，可以买很多很多瓶金莲红的指甲油，但是她对那种指甲油已经完全没有兴趣了。她现在的愿望是去做一次全世界最昂贵的美甲——那是在指甲上镶上真正的钻石。提供这项服务的商家有种技术可以保证钻石在指甲上固定不掉，之后还可以帮你把钻石卸下来，为你打造各种首饰。而这项特殊的美甲，至少需要十万元。

一个人的愿望会随着财富和地位的不同而改变。当你的财富和地位使你可以实现以前愿望的时候，你却可能已经对以前的愿望没有兴趣了。

意　见

阿峰是个贫穷的年轻人，但是很有头脑。有一天，他看到村里水井的建筑方法不是很正确，如果改造一下，可以更方便人们打水。他把自己的看法跟其他村民说了，结果却只招来了村民们对他的嗤之以鼻和冷嘲热讽。因为这个水井是村里请建筑行家建造的，他们不信阿峰会比建筑行家更懂行。对此阿峰也非常愤懑，因为在他看来，这个水井的建筑方法不妥是显而易见的，这些人竟然都看不出，简直跟瞎了一样。他又去找村长说这件事，结果意见还是被无视，村长还说他，叫他管好自己的事情就好。

不久之后，阿峰离开了村子，到城市里打拼。打拼了多年之后，他成了一位成功的企业家，再度回到村里，村子里像迎接英雄衣锦还乡一样迎接他。阿峰在村子里走动，回忆旧事，结果又看到了那个水井——那个水井还是老样子。阿峰想起了自己当年的想法，忍不住又跟村民们说了这个水井的问题。与之前大不相同的事情发生了，村民们对阿峰对水井提出的意见很重视，仔仔细细地听阿峰说出的每一个字，然后竟然一致认为阿峰的意见非常正确，赶紧请人来改造水井。他们按照阿峰

的意见改造水井之后，人们打水果然方便多了。

一个人的意见是否被听取，往往会取决于他的地位。地位高的人的意见，即便是错误的，也会被人认真考量。而地位低的人，即便是非常正确的理论，也可能被人无视。

伪装强者

从前有一群羊，守着一片水草丰美的草原，过得颇为滋润，唯一的苦恼就是时不时被住在那边山里的野狼骚扰，经常有羊被狼咬伤，或是被咬死拖走。为了摆脱这个麻烦，羊群聚集起来开会。几只聪明的羊想到了一个办法。

它们叫羊们收集来各种材料，用干草编成毛皮，用树枝做成角，用锥形的石头做成牙齿，做成了一个巨大的怪兽的行头。当狼再在草原上出现的时候，那几只聪明而又大胆的羊一起藏到行头下面，把行头顶起来，朝狼靠近，一边做出“怪兽”摇头摆尾的假象，一边把声音压在喉咙底部发出恐怖的怪叫。狼从来没见过这种东西，被吓坏了，赶紧逃跑。

看到狼被吓走了，羊们松了口气。之后狼每次出现，这几只羊就顶着怪兽行头吓它。狼被吓走之后，有很长时间没有再出现。羊们对此欢欣鼓舞，以为以后可以高枕无忧——目前来看也的确可以，但那几个出了主意，并且演戏吓走恶狼的功臣羊却看不出有多高兴，每天依旧处在紧张之中，甚至有种惶惶不可终日的感觉。

其他羊对此很奇怪，便问它们这是怎么回事。功臣羊们答

道，其实它们每次吓狼的时候，心里都惊恐得瑟瑟发抖，非常害怕狼识破它们，或是选择和“怪兽”对抗，对它们发起攻击。如果遭到攻击或被识破，它们就完蛋了。每次吓狼对它们来说都是铤而走险的事情，它们非常害怕狼会再来。

假扮强者，即便扮得再像，心里都是发虚的。

不爱说话的人

真真是个热心的女孩，非常喜欢帮助人。有一天，她所在的班级里新来了一个女生贝贝，脸圆圆的，感觉很可爱，就是很内向，基本上不跟人说话。真真觉得这样不好——她觉得贝贝不多说话可能是缺乏自信，有些自卑，就鼓励她多说话。对此贝贝只是笑了笑，说自己这个样子更好。真真可不乐意，之后谈话的时候便故意把话题引向她，引她多说话。在贝贝愿意说话的时候，不管她说什么，她都加以应和或是褒扬。

真真在班里人缘很好，她愿意高抬的人，其他同学也愿意高抬，于是贝贝感到自己变成了关注的中心——被当作关注的中心的后果就是，以为自己真的很受欢迎，打开话匣子是必然的。贝贝开始变成了一个喜欢说话的人，结果却让真真大跌眼镜——现在的贝贝简直是一个话痨，说的话空洞乏味而且低级趣味，一个话题反复重复。别人如果不愿意听她说话或者因为她说的话嘲讽她，她就会很生气，不仅跟人吵架，甚至有几次还有要跟人打架的意思。

真真觉得这实在有些过了，就去劝贝贝不要这样，没想到贝贝眼一瞪，恨恨地说："我在上个班级，就是因为话太多，

又不会说，情绪控制得差，才导致我人缘糟透了的。所以我到这个班级之后，就刻意地不多话……结果你非引我多说话，搞得我又因为说话惹麻烦了！我本来可以在这个班里安安静静地当个普通人，结果你现在让我又变成讨厌鬼了！”

有的人不干某事，有可能是真的不能干，而不是某些人认为的缺乏自信。在没弄清一个人不做某事的真正缘由的时候，千万不要轻易鼓励他去做。

解决问题

阿平是颇有才气的诗人，能写很华美的诗篇。但可惜他所在的小镇子里没人能赏识，也没人向外界推广他的诗篇，而他也只是一个铁匠的儿子，必须打铁赚钱，继承家业。阿平对这种情况颇为不满，对铁匠活儿也颇为抵触，就把自己关在房间，不出来干活儿，只在那里写诗。阿平的爸爸对此非常不满，经常骂他，他对此充耳不闻，只是把自己关在房间里，既不出来走动，也不跟任何人说话。每天吃饭都是妈妈把餐盘放在他房间门口，他等妈妈走了，再把餐盘拿进去吃，把饭吃完后，再把餐盘放在门口等妈妈来收。

阿平的朋友阿鹏听说这件事后，非常忧虑，担心他这样不仅没法因写诗取得成就，还会把自己的人生毁了。他想劝说他，却知道直接劝不行，绞尽脑汁地想啊想啊，终于想出了一个办法，便溜到阿平房间的窗户底下，轻声喊阿平。

阿平知道他是来劝说自己的，非常不耐烦地说："如果你是来劝我不要写诗，出去干活儿的话，你就可以走了。"

"我不是来劝你的哦，"阿鹏说，"我是来请你帮忙的！"

“请我帮忙的？”阿平很是诧异，也因此来了兴趣，“让我帮什么忙？”

“我有一个朋友的朋友，现在陷入了人生的低谷，”阿鹏煞有介事地说，“希望你能帮他出个主意，走出人生的低谷。”

“哦，”阿平走到窗边，“他遇到什么麻烦了呢？”

“这个人啊，是个画家，”阿鹏舔了舔嘴唇说，“他画了很多的画，画都很美，很艺术，但是就是没有人帮他向艺术界推荐。而他家里也不是很富裕，只靠一个葡萄园谋生。他本身不喜欢种葡萄，又因为自己的画没人赏识而感到抑郁，就把自己关在房间里不出来，只是画画，什么都不问。他的葡萄园已经快毁了，他的亲人也因此对他很不满，几乎要放弃他，和他断绝关系了。这样下去，他的生活就要毁了……你觉得他该怎么办呢？”

“哦，”阿平想了一会儿，然后说，“我觉得，叫他放弃画画是不可能的，也太可惜。你不是说他已经画了很多的画了嘛，那他应该已经存了很多作品了。如果有人赏识他，为他推荐画的话，应该有很多可以拿得出手的。因此他没有必要继续画了，可以暂时停一停了。他现在要做的，是如何去向外界推荐自己的作品。既然没有经纪人给他推荐，他就得想办法自己推荐，或者自己去找经纪人推荐，要做到这些都需要钱。所以他应该先出来，好好照管他的葡萄园，赚到一笔钱，然后再拿着这笔钱，到大城市去，到艺术之都去，推荐自己的作品。这样他的作品才有可能被人注意，他才可能获得成功。”

“是的！”阿鹏听完后很是惊喜，“这的确是他应该走的路！你也应该走一样的路，不是吗？”

“啊？”阿平呆了。

“这个人的境况和你很像，不是吗？”阿鹏说。其实，这个人根本不存在，是阿鹏按照阿平的境况，虚构出来引导阿平思考的。

人总是无法客观地给自己提建议，而当他站在旁观者的角度，给自己提建议的时候，提出的建议往往是最合适的。

行　善

从前，有一个姓张的大户，人称张大户，特别喜欢行善。有一次，他出钱资助了一个小商贩——这个小商贩因为本钱短缺，生意几乎要做不下去了，而他如果生意做不下去了，全家就要流落街头。他帮助这个小商贩渡过了难关，小商贩对他感激不尽，在家里给他立了长生牌位，天天给张大户上香。张大户知道后非常开心，未免有些得意忘形，私下向朋友夸口，说他不是自吹自擂，但真觉得自己是天底下第一号大善人，以后不管是什么人因为什么事来向他求助，他在力所能及的情况下，都会有求必应。

这事儿被本城的另一个大户，李大户知道了。李大户为人喜欢较真儿，听到张大户的话后只是冷笑，便命自己的一个家丁李才，穿上破旧的衣服，到张大户家求助，说自己家里贫困，白米短缺，希望张大户能借他一些白米。张大户二话不说就叫家丁给李才一斗白米。李才千恩万谢地去了。第二天，李才又来了，说自己老婆生病，嘴里寡淡无味，想吃点肉食，请张大户再借点钱给他买肉。张大户立即叫家丁数给他一百文钱。李才又是千恩万谢地走了。结果第三天，他又来了，这次的说法是自己家要磨面，自己家的毛驴却又瘦又小，根本拉不动磨，希望张大户能借给他一头强壮的驴子……如此反复，李才竟然连续一个月，每天都到张大户家求助，他每次求助的要求都不高，但张大户已经有些厌烦，忍不住劝说李才，说虽然他可以一直帮助他，但李才自己也要奋发图强，把自己的日子过出个样子才好——其实就是叫他不要再依赖于人，虽然没有明说，但是相信李才可以看出来。李才微笑着毕恭毕敬地说，张大户的教诲他记在心里了，但是第二天照样来借东借西。

张大户对此非常恼火，但碍于自己大善人的名号，不能发作，只希望李才能适可而止，然而李才并没有适可而止，又是一连十几天，每天都来借点小东西。张大户终于忍不住了，他训斥李才为什么自己不奋发图强过好日子，如此依附于人，每天都要找别人借东西。

李才听了后极为欢喜，立即回去向李大户复命。李大户笑呵呵地把所有李才从张大户家里借走的东西还给张大户，然后说，他觉得张大户是个真善人，但是离有求必应的天下第一善人还是有些距离，他那些大话还是收回较好。张大户如梦方醒，非常羞惭，也有些恼怒，但也不便发作，乖乖地收回了自己当初的话。

一日行善容易，千日行善却很难，日复一日只对一个人行善更难。

求人的时候

李涛是全国数一数二的巨富，两个儿子一个中了文科状元，在京城官居一品，一个儿子中了武状元，官至大将军，自己的一个女儿则在宫中为妃。人人都对他家艳羡不已，阿谀奉承。李涛对此也不免有些飘飘然，认为自己家里如此豪阔富贵，任何事情都可以办成，绝对没有求人的时候，于是就挥笔写了一幅字："万事不求人"，并把这画挂在自己的客厅里。

有一天，李涛的母亲去山中寺庙进香，头上佩戴皇后赏赐的黄金宝石寿字簪一枚。她身边跟有丫鬟、婆子、家丁、卫士，乌压压的好几层，旁人绝对无法接近。不想在她经过一个树杈下面的时候头顶惊了一只猴子，把李母头上的簪子抢走，跳进森林里没了踪影。

这枚簪子是皇后赏赐的，丢失不得，李母赶紧叫随从抓猴子。但这座山连绵几十里，尽被森林覆盖，猴子又可在森林里随意躲藏，就算召集千名兵士，恐怕也难以搜遍山林找到猴子。李母没辙了，赶紧叫人回去给儿子报信，叫儿子来这里想办法。

李涛对此事也十分焦心，来了之后询问山里的山民，如何能诱捕这些猴子。山民告诉他，这些猴子极为聪明和警觉，诱捕是做不到的。但在这山里有个山洞，山洞里住着一个疯和尚，自称“齐天大圣”，可以卷叶为哨，吹哨唤猴。只要他一吹响哨子，山里所有的猴子都会跑来，在他四周环坐，因此这里的山民也称呼他为“齐天大圣”。

李涛听了后，立即叫随从去把这个疯和尚带来。这个疯和尚穿着一身用树叶缀成的衣服，对着李涛只是嬉笑。随从向疯和尚讲明李涛的身份，喝令疯和尚赶紧为李涛唤猴。疯和尚对李涛的身份不屑一顾，依旧只是嬉笑。李涛怒气勃发，令随从用绳子拴起疯和尚，威胁要带他去衙门治罪，疯和尚依旧毫不在意。李涛没有办法，只有掏出金银元宝，堆在疯和尚的脚下，对他说如果肯为他唤来了猴子，除了这些金银之外，他还另有重谢。疯和尚对这些金银视若土石，用脚踢着玩儿。

李涛没有办法，又把那个山民找来，问如何才能让疯和尚帮忙。山民说，要想让疯和尚帮忙，只有对他焚香下拜，尊称他为“齐天大圣”，求他帮忙才可。一听这话李涛脸涨红如猪肝，十分不情愿，但情势所逼，只有对疯和尚焚香下拜，求他帮忙。疯和尚这才吹哨唤来了所有的猴子，那个抢走簪子的猴子也在其中，手里还在拿着簪子把玩。疯和尚微笑着把簪子从猴子那里拿来，递到李涛的手里。

虽然危机得解，但李涛心中十分羞惭和郁闷，回到家就把那个“万事不求人”的字给摘了。

不管你多么大富大贵，你终究有求人的时候。

思虑过度

有个叫林退思的人，一天到晚就是喜欢思虑——说得好听点是思虑，说得难听点就是杞人忧天。他家里有良田百亩，牲畜百匹，有美丽的妻子，还有一双儿女，都长得粉雕玉琢。这样的生活人人艳羡，别人都认为他可以无忧无虑地过日子，他却天天忧虑——关于田地收成，他担心风雨不调，天降旱灾水灾糟蹋庄稼；关于妻子，他担心有无赖之徒打她的主意；关于儿女，要么担心儿子长大之后成不了才，要么担心女儿学不好女红妇德，长大后成不了出色的女子；关于牲畜，他天天担心牲畜误食毒草，或者感染瘟疫，甚至于被心怀嫉妒之人毒害；关于整个生活，他又担心有心怀叵测之徒嫉妒他家过得好，在月黑风高之夜到他家放火或是做其他破坏活动。

因为他天天忧虑，不仅自己心里疲惫不堪，还天天风声鹤唳，草木皆兵，对再小的事情都会反应过度——比如邻居的儿子多看了他的妻子一眼，他就开始对邻居家的儿子处处提防。对此等小事反应过度，不仅是折磨他自己，也会让旁人不痛快。他妻子劝了他几回，他却总是说妻子女人家没见识，他这叫未雨绸缪，时时保持警惕，这样才能保证万无一失。要是天天浑浑噩噩，等到灾难临头的时候，只能坐以待毙。

林退思每天高度焦虑和紧张，终于得了重病，卧床不起，性命堪忧。妻子请医生给他诊治，医生说他这是心病，要想痊愈，必须对无聊无关之事一律不想，否则必将心力交瘁而死。林退思本不情愿，但性命攸关，只得答应。为了帮助他摆脱心病，医生还给他开了一味汤剂，每天服用，一服即睡，帮助他养神养脑，也让他没空胡思乱想。

百日之后林退思痊愈，想起自己之前的那些胡思乱想，只觉得好笑——他现在才明白自己的那些忧虑完全没有必要，胡思乱想，的确是心里有病。现在就算叫他再想这些事情，他也不会再想了。

心里有病的人从来不会觉得自己心里有病，等到心病好了，才能意识到自己之前有病。

认同与自卑

从前，在一个小山村里有个叫阿龙的孩子，虽然名字叫龙，但是身体很弱，像个豆芽菜。同村的阿虎特别喜欢嘲笑他，说他与其叫阿龙，倒不如叫阿虫。阿虎人如其名，长得十分强壮，虽然和阿龙同岁，但又高又壮，就像个小老虎一样。

阿龙听说阿虎嘲笑他后非常生气，在他看来，阿虎也没什么了不起，只不过是四肢发达而已。他打算通过读书获得成就，让阿虎对他心服口服。于是阿龙就非常刻苦地学习起来，虽然不算是头悬梁，锥刺股，也算是日日夜夜苦读不辍。经过一个学期的努力，他考到了年级第一。他觉得自己这下绝对可以让阿虎对他服气，故意昂首挺胸地从阿虎身边走过。没想到阿虎对他依旧嗤之以鼻，还故意大声对别人说："就算读书好又怎样？男孩子，如果一直瘦弱得像条虫，照样啥用都没有！"

阿龙听在耳朵里，不由得火冒三丈。既然变得强壮才能让阿虎心服口服，他就努力变得强壮。他每天除了认真读书之外，还坚持锻炼身体。他就这样锻炼了一年，终于变得强壮。他心想现在阿虎该对他心服口服了，便故意走到阿虎面前秀肌肉。没想到阿虎依然不以为然，还对他大秀肌肉当作回应。阿龙没想到自己依然不能让阿虎服气，不由得又生气又迷茫。

不久之后，阿龙的舅舅来了，把他带到城里去念书。阿龙像在山里时一样，一面刻苦学习，一面锻炼身体，最后以优异的成绩进了好大学，又顺利毕业，接着便在城市里打拼事业。社会上的打拼必然是残酷的，阿龙都凭借自己锻炼出的好体格坚持了下来。很多年过去了，阿龙成了一个成功人士，衣锦还乡。

在他走进自己成长的那个小山村的时候，村里的人都像欢迎英雄一样欢迎他。他在人群中看到了阿虎——阿虎现在依然很壮硕，但也依然只是个农夫。等到看到阿虎的时候，阿龙才恍然记起自己年少时曾经拼命想得到他的认同，而到城里打拼之后，才渐渐地把他忘了。而现在再看到他的时候，觉得得不得到他的认同也无所谓，想起自己之前拼命和他较劲时的心情，觉得有些幼稚和好笑——然而就在这个时候，阿龙忽然明白了：拼命想得到认同，其实是自卑的表现。幼时的他面对阿虎的时候其实是有着深深的自卑，所以才拼命想得到阿虎的认同。现在他已经成功了，远远地超越了阿虎，再也不会对阿虎感到自卑，才会觉得得不得到阿虎的认同都无所谓。

当年做下的事儿

阿兰和阿梅是朋友，但也不是非常好的朋友，介于熟人和好朋友之间。有一天，阿兰找阿梅借了一口蒸锅。因为阿兰需要多次使用这个蒸锅，阿梅就客气地说这个蒸锅她不怎么用，让阿兰不用急着还。因为觉得自己以后要频繁用到这个蒸锅，又见阿梅如此客气，阿兰用完蒸锅后就把蒸锅放在了橱柜里，时间长了竟然把它忘了。

阿兰把蒸锅忘了，阿梅似乎也把蒸锅忘了，见到阿兰的时候从来没找她要。很长一段时间之后，阿兰在橱柜里发现了蒸锅，顿时感到很不好意思，觉得应该给阿梅还回去，没想到拿锅的时候竟不小心把锅摔破了。阿兰感到很羞愧，也很窘迫，但想到阿梅从来没跟她提过蒸锅的事情，又有了侥幸的心理，心想阿梅说不定早把蒸锅的事情忘了。之后她和阿梅几次见面，仔细留意阿梅的神态言行，发现她没有一丁点儿向她要锅或者提醒她锅的事情的意思，便认定阿梅已经把锅的事情彻底忘了，便彻底放下心来。

然而不久之后，有个人和阿梅喝茶，言谈之时提到阿兰，阿梅微微地摇了摇头，说：“她这个人其他都还好，就是贪点小便宜……之前我借给她一口蒸锅，她接下来就没动静了，不仅不提还的事情，还搞得像这个锅从来没存在过似的……”

有些事，人家不提，并不代表人家忘了，说不定人家还把这件事一直记在心头，随时跟其他人谈起呢。

机 会

有一个女孩，她被绑匪绑架了。因为她的父亲是个大富翁，所以绑匪找她父亲索要三百万元的赎金，并给她父亲三天的筹款时间。女孩知道父亲可以拿得出来，但是并不认为自己可以活着回去——现在很多歹徒拿到赎金后就会撕票，因为他们不想留一个活着的证人日后指证他们。她如此悲哀地想着，但是没有绝望——世上万事没有绝对，也许会让她发现一个机会，借机逃走。

绑匪们把她关在一个没有窗户的、像个黑盒子一样的房间里，因为觉得她是个很小的女孩，根本没能力翻出什么大浪，所以并没有给她上手铐和脚镣。因为黑暗和压抑，她很想上厕所，便求绑匪让她去。一个女绑匪把她带到了厕所门口，跟她说如果她在里面超过了五分钟，她就会推门进去看。

厕所里很是狭窄，只有一个坐便器，一个洗手台，在离地很高的地方有一个很小的窗户。这个窗户扣得紧紧的，窗玻璃上隐隐显出窗栓的阴影——它是从外面被拴住的。女孩坐在坐便器上，打量着这一切，忽然发现自己站在洗手台上，也许可以够到那个窗户。这个窗户只是被拴住，而不是被锁住，只要找到一个合适的东西，也许她就可以把窗栓拨开。而在她的手腕上，有一个活口的细银镯儿，因为捏得很紧，所以别人看不出它是活口的，只有她知道是活口的……也许她可以把镯子掰开，弯成钩子的样子，把它沿着窗户缝戳出去，把窗栓拨开！把窗户打开后，也许她就可以攀着窗台爬出去！

想到这里的时候，女孩全身的血液都涌到了头顶，似乎每一个脑细胞都在跟她说赶紧逃跑——天知道她爸爸会不会提前付赎金，拿到钱之后绑匪很有可能会撕票，她要是不赶紧逃跑，说不定就再也没有逃跑的机会了！

然而即便她满脑子都是“尽快逃跑”，心里却依然有个声音在告诉她，不可以冲动。她已经在厕所里坐了一段时间，天知道过了几分钟——人在激烈思考的时候是不知道时间流逝了多少的。而她把手镯掰成钩子也需要时间，爬上去拨栓也需要时间……如果在她行动的时候女绑匪推门进来，不仅一切付之东流，说不定还会激怒绑匪，受到伤害……

就在这时，门“哐当”一声响，女绑匪进来了。女孩赶紧整整衣服，若无其事地站了起来——如果她刚才急匆匆地行动，现在已经被撞破了。她镇定地回到自己的那个小黑屋，等绑匪锁门离开后把手镯取下来，小心地掰直，抵在墙上弯成钩子状，然后藏在袖子里。等到时间差不多了，再求绑匪带她去厕所。等厕所门关上后她就赶紧踩上窗户台，一边计算着时间，一边小心地拨动着窗栓——确保不发出声音，终于在一分钟后拨开窗栓，然后她攀着窗台爬了出去。

虽然人人都说机会转瞬即逝，等它到来时一定要抓住，但看到它时依然要想清楚之后再行动。

为何要吃药

从前有个叫崇壮的人，一直以自己身体健壮为傲。但是有一天，他忽然感冒了，而且还挺重。身边的人劝他吃药，他却坚决拒绝——因为身体好，他几乎还没有吃过药呢。他说吃药就是借助外来的力量祛除疾病，而疾病应该由身体本身的能量来祛除。如果借助外力祛除疾病，会降低身体抵抗疾病的能力，更别说是药都有副作用，吃了说不定会对身体有损害。所以他坚决不吃药，一定要靠自己的免疫力祛除疾病。

别人对他这种理论哭笑不得但也不好反驳，再说他要是坚持不吃药，也不能扒开他嘴灌下去，只有在一旁默默关注，如果他不行了，就送他上医院。

崇壮也想证实自己所言不虚，让旁人心服口服，便开始了“自我疗法”——每天硬扛。巧的是朋友圈里也有人生了病，症状和他差不多——看来他们是中了同一股流感的招儿，崇壮还劝那个人也不要吃药，等病自己好。那个人可不傻，刚一生病就把药吃上了，很快就好了。而崇壮舍命硬扛，很快从感冒扛成了气管炎，又从气管炎扛成了肺炎，最后高烧不退卧床不起，被亲朋好友抬去了医院——这下彻底泡到药里了。之后虽然病也好了，但是身体大不如前。而和他同时生病、症状相同的人，不仅病好得比他早，身体也像以前一样健康，甚至似乎比以前更健康了。

有病就吃药，对疾病是如此，对生活中其他的问题也是如此。

幸福与不幸福

姗姗最近运气不好，不仅工作受挫，在公司里被降职降薪，还意外发现自己谈了多年的男友是个劈腿男。她和男友分了手，虽然对他毫无留恋，但因此生了不小的气，依然算是受了重创。爱管闲事的人们因此猜测她心里肯定痛苦得受不了，天天在家以泪洗面，平时见到她时，看她的目光也有些异样。

听到这事儿后，姗姗非常生气。她不觉得自己有多惨，也不认为自己应该有多惨。她要让他们看看，自己根本没有不幸福。于是，她每天出门都要穿上各式各样光鲜的衣服，一丝不苟地化上明亮鲜艳的妆，见到任何人时都是一副灿烂的微笑。她不仅每天以如此光鲜明亮的形象示人，还经常把自己这样的形象拍下来，贴到自己的社交网站上。她每天跟人说话的时候，都尽量强调和暗示自己的生活很快乐，写在社交网站上的文字也是如此。只要在她身上发生了好事儿，她就一定要尽早让别人知道。如果一不小心在公众场合露出了不愉快的神情，她醒悟过后就会很担心，担心别人看到她露出不快乐的神情，会以为她生活很惨，“误解”她的生活。而在别人和她擦肩而过之后，如果窃窃私语或是低声窃笑，她就忍不住杯弓蛇影，怀疑他们是不是因为什么“误判”，认为她过得不幸福。

一段时间之后，姗姗在工作上终于做出了成绩，当上了主管，获得了高额的薪水，不仅在物质上成倍地挽回了损失，也加倍地拾回了面子。人逢喜事精神爽，现在的姗姗别提有多开心，因为开心也显得容光焕发，待人接物也更加洒脱大度，使她在个人魅力上也有很大的提升。公司里又有人开始追求她。姗姗感到无比的称心快意，回想起自己失败的境况——在成功的时候回忆失败，能更加清楚地品味到成功的甘美，却意外发现自己当初强行令别人认为自己幸福、就怕别人觉得自己不幸福的行为挺幼稚也没有必要。

其实当时她就是不幸福，她没有感觉到，可能是由于她不愿服输而故意对自己说谎。而她这么害怕别人觉得她不幸福，其实正是她不幸福的体现。如果真正幸福了，是不需要也没有余暇去在意别人的想法的。

逼迫你的人

阿松读完了大学，准备在自己喜欢的领域大展拳脚。然而就在这时，他的父母找来了，叫他去他们早就相中，而且已经通过亲朋好友为他安排好职位的公司上班。而在个人生活方面，父母为阿松挑了个女孩，认为他应该和这个女孩谈恋爱，并且尽早结婚。

阿松对这两个要求都不想遵循。首先，他对父母相中的那个公司、那个行业都毫无兴趣，而且并不认为他可以在那个行业或公司发挥所有的才干。他自己喜欢的那个领域，才是最适合他施展才华的领域。虽然现在有些冷门，但他觉得过不了几年它一定会成为热门。其次，个人生活上面，他不认为自己需要早早结婚，也对父母相中的女孩毫无意思。因此对这两个要求他都毫不犹豫地拒绝了。

父母对他的选择无法理解，不仅无视他的拒绝，还千方百计地向他施压，见对他施压无果，还发动所有的亲朋好友一起施压。阿松对此苦不堪言，不仅精神压力巨大，在自己喜欢的领域做事也做不好了。不久之后，他竟然听说父母还找到了他大学时的导师，准备让导师和他谈谈，更加觉得走投无路。

导师果然约他去谈话。阿松去的时候心里非常忐忑——他真的非常尊敬这位导师，如果导师也对他施压，他绝对受不了那个压力，但也依然怀着一丝侥幸——这位导师之所以能成为他非常尊敬的人，是因为他非常明事理，非常有见识，也许会站在他这一边呢。

导师和他见面后，果然没有急着向他施压，只是让他说说自己的想法。阿松赶紧把自己的想法跟导师说了，导师听到后不置可否。阿松感觉导师是站在自己这边的，忍不住把自己承受的压力全跟导师说了，向导师求助："天天被他们这样施压，我都要疯掉了，老师，我该怎么办呢？"

导师听完后脸上只是淡淡的笑，问阿松："你有必须服从他们的理由吗？"

"啊？"阿松乍一听没明白导师是什么意思，"应该没有吧……他们又不能拿刀子架在我脖子上逼我听话，再说就算真的把刀子架在我脖子上，估计也不行。"

"哦。"导师的眼中掠过一丝笑意，"那你是觉得他们的意见有可能对吗？"

"怎么可能！"阿松不由自主地提高了声音，"我可以百分之百肯定，如果按照他们的道路走，我就算不会人生尽毁，至少也会碌碌无为，郁闷而终。我是绝对不能听他们的话的。"

"那就对了，"导师笑了，"他们既然没有办法真正逼你就范，你也明知道他们的想法不对，那就没有必要在意他们的说法了。你觉得是他们在逼你，归根结底，是你在逼你自己。"

阿松如梦方醒，道谢而去。之后不管家里人和家里人请来

的帮手对他说什么，他都当过耳清风，专心为自己的事业而奋斗。几年之后，他终于取得了让家里人惊叹的成就，向所有人证明自己的选择是正确的。

有后台与没后台

云哲是个爱读书的孩子，可惜家里并不富裕。他爸爸是个开小店的，费了好大的劲儿才送他到书院读书。书院里有个叫宏亨的孩子，爸爸是大财主，姑姑嫁给了县里的官员。因为有这个背景，宏亨天天在书院横行霸道，因为看云哲不顺眼，常常欺负云哲。

云哲一开始不和他一般见识，但被欺负的次数多了，不免有些焦躁，但即便焦躁，也不敢反抗，毕竟宏亨家后台很硬。焦躁而又不敢反抗的结果，自然是心中抑郁，怨天尤人，云哲回家后忍不住向父母抱怨，最后竟失口抱怨父亲没后台。

母亲听到后又是惊慌又是生气，赶紧叫云哲不要胡说——她是怕父亲听到生气。而父亲听到后却几乎没什么反应，只是淡淡地说："其实没后台也有没后台的好处，好处还大着呢，你以后就知道了。"

云哲不知道父亲这话是什么意思，只有姑且等着。结果一段时间之后，宏亨的姑父，也就是本县的官员因为贪赃枉法获罪，宏亨的爸爸也牵涉其中，不仅被抄没家财，全家还被流放到边疆，据说那里穷山恶水，去的人能回来的屈指可数。宏亨

全家离开县城的时候，云哲是看着的。宏亨此时灰头土脸，一脸苦相，往日的威风早就不知道到哪里去了。云哲这才明白爸爸的话是对的。没后台的确有好处，好处的确大着呢。

没后台的好处，就是不会因为别人的错误而招来祸患。而因为后台招来的祸患，往往极具毁灭性，要是碰到了，不死也会脱层皮。

备　胎

有位叫玉容的姑娘，长得非常漂亮，因为非常漂亮，被很多人追求，因此迟迟不愿选定自己的男友。后来因为觉得自己的姿色足以提高自己的社会阶层，玉容就去追求一位年轻的富豪。即便如此，那些围绕在她身边的男人依旧没有散去。

玉容的朋友阿芝觉得玉容这样不好，也觉得她去追求富豪难以成功，便劝她还是找个和她条件相当的男友，安定下来，免得高枝攀不上又掉下来磕了牙。玉容对阿芝的话不以为然，被劝得急了，竟然羞辱阿芝，说不管如何，这些追求她的男人都会一直围在她的身边的，他们心甘情愿当她的备胎。阿芝没能耐得到这种待遇，所以无法了解她的情况，就不要多操心了，甚至还暗示阿芝是因为嫉妒她，所以才假装关心，想在她高升的道路上设置障碍。

阿芝气坏了，决定以后再也不多话，但也好奇玉容的话是不是真的，便去套问那些玉容的追求者，结果发现他们竟然真的打算给玉容当备胎。阿芝很是迷惑，也很是气不过，忍不住找一个公认的有见识的女友落雨倾诉。

落雨听了阿芝的话后只是冷冷一笑，叫阿芝不要生气，先

等等，过一阵子保管她气恼平复。

玉容果然没有追到那位富豪——现在的富人结婚也要看家底儿，再说玉容也不算那么倾国倾城。玉容很是沮丧，因为这次失败，往日的心高气傲全都没了，反而担心自己之后没有归宿，赶紧从诸多备胎之中挑了一个比较优秀的与他交往。玉容的打算是尽早结婚，而这位前备胎却似乎不怎么着急，过了一段时间之后，发现玉容和他不算很合适，竟然和玉容分手，和另外一个女人交往了——实际上，在追求玉容的同时，他也在追求别人，只是玉容没有发现而已。

把别人当备胎的人，说不定也在被别人当作备胎，只是自己不知道而已。

文明国

有一个绅士，对自己国家的文明程度很不满。在本国，有人在街上乱丢果皮纸屑，有人上车抢座不顾别人，有人在家里乱放音乐噪音扰民，更有不少人因为一言不合，就在街上打架斗殴。别人觉得这无所谓，都是小事，但在这位绅士看来，简直无法忍受。因为无法忍受现状，他便出发到海外，寻找真正文明的地方。

绅士漂洋过海，走过很多地方，终于找到了一个国家。在他看来，这个国家真是太文明了，完全符合他的期望。在这里，街道上总是一尘不染，没有任何人乱丢果皮纸屑，偶尔有一片树叶飘落，也会有行人自觉地把树叶拾起，放到垃圾桶里；在上巴士的时候，所有人都自动排成一队，等到车里人满了的时候，剩下的人就自觉等下一班车，没有任何人会硬冲上车去挤别人；在这里，听不到一丝一毫扰民的噪音，所有的人都自觉地控制着和自己有关的所有声音；在街上绝对看不到任何人发生口角或是斗殴，行走中的路人如果相互碰撞到了，绝对会互相道歉，然后友好地走开。

看到这一切后，绅士觉得心旷神怡，并且欢欣鼓舞。他找到了一个老者，问他们是如何让这个国家如此文明的。老者看了他一眼，然后缓缓地说："这都是因为完备的法律啊。在我们这里，所有的街道都有摄像头。谁要是乱丢果皮纸屑，轻则被罚去扫大街一千小时，重则入狱服刑。如果看到落叶不捡起来，也要被罚款。至于上巴士排队，那是因为如果不排队，或者在人满的时候硬冲上车，轻则罚款，重则入狱数月。如果放出噪音扰民，也是这样。而在街上斗殴，那可是重罪，最高可以被判十年监禁。而如果与别人碰撞了——不管是碰人的还是被碰的，都要向对方道歉，否则最高可能会入狱六个月。"

绅士听了后，简直佩服得五体投地，发自内心地感慨道："这是怎样文明的人才能制定出这么文明的法律啊！"

老者又看了几眼，请绅士到他家里去，要给他看几样东西。绅士欣然而去——在他看来，老者肯定是要给他看他们这里其他文明的成果，结果却大跌眼镜。老者给他看的第一样东西，竟然是一张照片，里面的街道上堆满垃圾，看着就觉得臭气难闻。第二个是一段影像，在影像里挤车的人打成一团。第三个是一个报纸剪报，说的是街上发生异常严重的群体斗殴事件，群死群伤。

"这就是我们国家之前的样子，"老者看着呆若木鸡的绅士，冷笑着说，"其实，法律之所以存在，是因为它必须存在。我们有这么多维持'文明'的法律，是因为我们这里之前太不文明了。"

千头万绪

阿西最近遇到了麻烦。这个麻烦在别人看起来根本不叫麻烦，因为他升职了。为什么他升职了反而成了麻烦呢？那是因为陡然出现很多事情让他处理。他每天脑子里都塞满了各种各样的事情，刚开始处理这件，又想起了那件，等把这个问题处理完，那个问题又出现了。他对此苦不堪言，因此精神压力巨大，几乎要崩溃了。

他的家人可不能看着他崩溃，赶紧叫他去找一个问题处理专家咨询一下。专家听了他说的情况后，便问："你所忧虑的这些事，每一件都是十万火急，必须都在第一时间做的吗？"

"不是。"阿西答道。

"那你就把所有的事情先按照重要和紧急程度排好顺序，一个一个来做就可以了。"

阿西回去照做了，结果却发现用处不大。因为即便按照重要和紧急程度分类，处于同一批次的事情还有很多。他在处理这一批次的事情的时候，照样是刚拿起这件事另外一件事又涌上心头，刚做这件事，又被那件事情打断。在做重要程度和紧迫程度差不多的事情的时候，又觉得这些事情积压的还有很多，恨不得同时做完。就这样做一事想百事，他还是觉得身心俱疲，忍不住又来找专家咨询。

专家仔细听了阿西的情况后，说："你还是没有做好工作规划啊！你还是太急着把所有事情都做好啊！"

"老师，不是这样的。"阿西愁眉苦脸地说，"我已经按照您的要求，把事情都按照主次和紧迫程度做了一个分类了，但是依然感觉做不完，因为它们实在太多了，看着它们积压在那里，我实在心慌……再说要是只做我计划内的事情就罢了，还有很多计划外的事情找上门来……在我这个位置上，这也是没办法的事情，结果忙完这个又要忙那个，没法招架是自然的事情。"

"不，"专家笑着摇摇头，"没有任何一项工作不需要处理计划外的事情。你之所以觉得无法招架，是因为你在处理计划内的工作的时候，把工作计划安排得太密集了。"

阿西仔细想了想，好像就是这么回事，叹了口气说："可是我要做的事情实在太多了，不加紧做，实在不行啊！"

"恐怕不是这样吧。"专家笑着摇了摇头，"你所有的事情都是要在一天之内完成的吗？"

阿西一惊，赶紧摇头说不是。

"那你能把所有事情都在一天里做完吗？"

阿西赶紧再摇头。

"所以嘛，"专家直视着他的眼睛，"你虽然把事情分出了主次，但是心里想着一下把它们都完成，所以才会感到不堪重负。我建议你，以天为单位，每天确定任务，踏踏实实完成当天的任务，不要总想着超前完成，并且给自己留出处理计划外事务的空档。这样你就可以按部就班地完成工作，而不觉得压力巨大，不堪重负了。"

阿西照此一试，果然奏效。

事情再多，工作再忙，只要明确每天该做什么，能做什么，不多做，不少做，按部就班地做，都可以妥妥地完成。

抱怨与不抱怨

从前有一个叫小阳的小孩，总是喜欢抱怨。有一天，他向邻居家的大爷抱怨家里穷，连一个足球都没法给他买。邻居大爷阻止他继续往下说，然后苦口婆心地告诫他：“以后不要没事就抱怨，抱怨是最没有用处的。老实说，一个足球也不需要太多钱，你有空抱怨，还不如用这个时间捡点废品卖钱，或者打点小工，这样攒一段时间的钱，不很快就能买个足球了吗？”

小阳感到大爷说的话很有道理，赶紧站了起来。

“小阳啊，”大爷语重心长地对他说，“以后，不管发生什么事儿，都尽量不要抱怨。别人是说抱怨没有用，但是在我看来，抱怨不仅没有用，而且有害。因为抱怨也需要时间，也需要精力，不知不觉之间，就会把干正事的时间和精力占了。”

以后小阳就牢记着这句话，不论遇到什么事情，都不抱怨，把剩下来的时间和精力用来解决问题，或者用来干其他有用的事情。这句话让他受益匪浅，很快，他的女儿小月长大了，进入社会干工作。也许是小月从小没受过什么挫折，猛一进入社会不大适应，工作总是进展不顺，忍不住对家人和朋友抱怨。小阳一看到女儿抱怨就要训斥她，说抱怨不仅没用，而且有害，与其在这里抱怨，不如空出点时间，积极解决问题。

被训斥了几次之后，小月不再抱怨了，但是工作也没好到哪里去，而且脸色越来越差，精神状态越来越糟。有一天回来后，小月没吃饭就进房间睡觉，到晚上都没出来。小阳觉得情况不对，赶紧撞门进去，发现小月躺在床上，旁边是空了的安眠药瓶。

小阳赶紧把小月送到医院。还好，经过医生的抢救，小月被救回来了。小阳这才松了口气，受了这一次惊吓，小阳的感觉不亚于刚刚去地狱走了一遭，问医生小月为什么要自杀。医生自然不知道，叫他找个心理医生问问。小阳便带小月去看了心理医生。心理医生问明小月的情况后,跟小阳说，就是他不让小月抱怨，让小月出了问题。其实抱怨也是一种心理发泄的方式，适当的抱怨可以缓解压力。小阳一直不许小月抱怨，导致小月把所有的压力都积在心里，越积越多，挤压发酵，结果导致她情绪崩溃，走了极端。小阳听了这些之后，目瞪口呆，久久说不出话来。

契　机

皮皮家里有一座果园，一座菜园。有一年，果园里结满了红彤彤的果子，却在临近采摘的时候被一次突如其来的反季节冰雹给打坏了。皮皮非常郁闷，看着已经被打得满目疮痍的果子，心想这样的果子肯定没人来买了，觉得十分肉痛，摘下一个尝了尝，发现味道依然很好，不禁更觉得肉痛。不过再肉痛，现在似乎也没有什么办法了。

皮皮一路想着“这些果子如果能卖掉就好了”，回到家，抱着玩笑的心态在网上的一个公共论坛贴了个广告：真正无公害水果，被天上的冰自然冰镇过，味道无比甜美，一个只要10块钱。可全国邮寄，需自付运费。

老实说，发了这样的广告，皮皮觉得自己十有八九会被人骂。然而令他惊讶的是，竟有几个网民对他的“冰雹冰镇水果”非常感兴趣，提出要买。在售出这几个果子之后，竟然有很多网民蜂拥而至，都要买皮皮的果子。皮皮整个果园的果子都售了出去，狠狠地赚了一大笔。

皮皮面对着这笔横财，不仅手舞足蹈，并且觉得自己找到了赚钱的门路。这次他打的是菜园里的菜的主意。他故意不给菜捉虫，让菜园里的菜都被咬得千疮百孔，然后准备把这些菜也收割好了，放到网上卖。这次他给菜打的广告是：从没有被农药戕害过的纯天然蔬菜，上面每个菜叶上都有大自然的艺术家留下的妙不可言的图案。

然而令他意想不到的是，他这次的创意招来了网民的痛骂。网民说，“这分明只是一些被虫咬坏的菜叶而已，他只是在偷换概念哗众取宠”“应该是他没有好好地给菜捉虫，导致菜被咬坏了，卖不出去，他才想出这种花招骗傻子来买吧”“把被虫咬得千疮百孔的菜拿出来卖，真是令人恶心”等等。市场反应如此恶劣，他的菜自然都没有卖出去。

令人匪夷所思的商机并不是没有，但是不会常在，要想第二次抓住它，往往都是很难的事情。

拥有与失去

阿民是个小职员，手里没有多少钱。有一天，他的一位好友怂恿他买点股票。他同意了，就买了一些，结果被懂行的人说那是垃圾股。阿民很不爽，便把这些股票丢到一边去了。

过了一段时间，这只股票忽然涨了，阿民很高兴，便把股票卖了，小赚了一笔。接着，匪夷所思的事情发生了，这只垃圾股忽然暴涨，一下涨了近二十倍。如果阿民当时没有急着把股票卖掉，他现在绝对可以赚到一笔巨款。

阿民先是目瞪口呆，然后感到整颗心都在痛。他忍不住计算如果不卖那些股票，能赚到多少，他卖了股票，等于损失了多少，一遍遍地算，越算越觉得肉痛。他既劳费神思，又心痛难忍，结果因此生了重病，躺在病床上神思恍惚，每天只是呼唤他“该得的钱财”， 不管是中医还是西医，都医不好他。阿民的亲朋好友都十分焦急。

就在这时，阿民一个朋友的朋友老钱听到了消息，便跟阿民的亲友说，阿民得的这是心病，心病还需心药医，如果阿民的亲友不介意的话，他想试一试。阿民的亲友正处在病急乱投医的状态，便答应让他去试试。

老钱来到阿民床边的时候，阿民已经两眼泛白，嘴里还在隐隐地喊着："我的钱，我的钱。"老钱便对阿民说："阿民！你的钱没跑！你在股票价格最高的时候卖出的，你没受损失，钱都好好地存在你账户里呢！"

阿民听老钱这么一说，恍惚觉得自己的钱似乎真的没有损失，心里舒服了好些，迷迷糊糊地问老钱："那钱真的在吗？我都用那些钱干了点啥？"

"你想用那钱干点啥呢？"老钱回问他。

"我啊，"阿民的脸上泛起红晕，"我想用这笔钱买个大房子，娶个漂亮的老婆。"

"是啊，"老钱说，"你是用这笔钱买了一座大房子，别墅式的，前后都有花园的那种。你的确娶到了一个漂亮的老婆，她比电视上的那些明星都要漂亮。"

阿民听着，露出无比幸福的笑容，似乎他真的娶上了这么一个老婆。

"只可惜，"老钱接着说，"她对你不是那么真心，带着存款跟一个人跑了，还趁你不在的时候，把房子也卖了，把房款也卷走了！"

"啊！"阿民大叫一声，猛地掀开被子坐起来，放声大哭，"我就算不要这钱，也比白给这淫妇和野男人强啊！"

老钱笑了，大声对他说："对，就是这样！你没把钱给淫妇和野男人，因为你股票卖得早了，那笔钱你还没有赚到。"

阿民立即停止了哭泣，虽然还有些浑浑噩噩，但是状态已经好多了，再由医生来加以治疗，很快就好了。

当有人为"应该得到"而烦恼的时候，你不妨用"可能失去"来医治他。

假装恶人

胡克是个叛逆的年轻人，成天喜欢以一副凶巴巴的形象示人，打扮得也怪里怪气，让人一看就觉得不像好人。别人叫他不要这样——他这样活像一个罪犯，胡克却说自己就想成为一个罪犯，还公开说自己崇拜那些令别人闻风丧胆的凶恶罪犯，还说希望自己哪天也能像他们一样，轰轰烈烈地干一票。

他这种说法让大家很害怕，都对他避而远之，因为害怕他，还把他的恶名广为传播。面对这种情况，胡克不仅不知收敛，反而因此扬扬得意。他的名声越传越远，终于传到了大沃克的耳朵里。大沃克是个远近闻名的罪犯，各种坏事都做过，却因为做事缜密，没有给警察留下一丝一毫的证据，因此逍遥法外，是真正让人闻风丧胆的人。有一天，他听说了胡克的名声，觉得这小年轻挺有趣，便想去看看他。胡克认出他是谁后吓得全身发抖，径直跑到床上，用被子盖住头，根本不敢出来。

如果不是魔鬼，就不要假扮魔鬼，否则真正的魔鬼就会来。

罪　证

杰利的妹妹吉娜嫁给了一个大富翁的儿子索里。索里对吉娜很不好，婚后不久还勾上了一个摩登女郎做情人。吉娜很生气，和索里闹着要离婚。索里害怕支付巨额的赡养费，千方百计阻止吉娜离婚，使用的手段中包括威胁和恐吓。吉娜心理压力巨大，有一次忍不住在电话里对杰利哭诉，说担心自己活不了多久了。

杰利听到后非常着急，赶紧叫妹妹不要害怕，他开车去索里家，想把妹妹接回来。然而他刚到索里家门口，就看到索里家门口围满了警车。吉娜已经死了。

警察勘查现场后得出的结论是，吉娜遭遇了入室抢劫——匪徒进门劫财正好碰上吉娜，便将吉娜杀死，劫财而去。杰利并不相信这个结果。他找到办案的警长，说了吉娜和索里之间的种种问题，他认为是索里怕与吉娜离婚被后分走一半身家，所以才派人杀死吉娜，造成劫财杀人的假象。警长对此的回答是，如此看来索里很有嫌疑，需要对索里进行调查。

之后杰利便焦急等待警方调查的结果，结果迟迟没等到索里被捕的消息，便去询问警长。警长的答复是，目前还没有找到任何证据证明本案和索里有关，因此不能对索里进行逮捕。杰利听到后非常生气，又问警长，既然你们不觉得索里是凶手，那就真有一个入室抢匪了。那这个抢匪在哪里？你们抓到了吗？警长则回答说，他们已经积极地对抢匪进行追缉，只是暂时还没有抓到他。听到这里，杰利认为自己已经没有必要再和警察说任何话了。在他看来，警方显然是收了索里的钱，想帮索里把这个案子压下去，所以才编造出一个入室抢劫犯来。等到时间长了，他们推诿说这个抢劫犯抓不到，把这个案子挂起来，他妹妹就永远沉冤难雪了。他打算自己给妹妹伸张正义。

于是他开始跟踪索里，掌握了他的行动规律后，准备有一天在他回家的道路上埋伏，抓住他并把他带到僻静的地点。就在这个时候，他的手机忽然响了。杰利恼恨自己为什么忘记关手机，结果拿起手机一看，发现是警长打来的。在电话里，警长告诉他，入室抢劫并杀死吉娜的匪徒已经被抓到了，而且供认不讳——他的确是因为入室劫掠的时候碰上了吉娜，吉娜要大声喊叫，他一时慌乱就把她杀了。

有时候，不管对方看起来多像罪犯，没有证据，还是不要轻易认定他是罪犯，因为真的有可能不是他干的。

评　价

从前有个牧童，画得一手好画，尤其善于画虎。邻家老翁肚子里颇有几滴墨水，看了他的画后赞不绝口，叫他去找城东的一位大师看看。于是牧童便带着画去了。而这位大师这几天运气不好，遇上了几件不顺之事，骑马出游的时候又从马上跌了下来，弄伤了脚，也磕破了头。牧童去找他的时候，他正用手帕子包着头，没好气地坐在门口。

牧童说明来意，把画递给他看。大师看了画之后，鼻子眼睛都挤到一起了："少年人，你这也叫虎？身形无力、眼睛无神，连只猫都不像，拿回家去吧！"

牧童受到了极大打击，哭着回了家。因为这件事，他信心尽失，再也不敢画虎了。老翁很是诧异，心想这大师的评论实在异常，便亲自去见那位大师，看看是不是哪里错了。结果他看到大师那病恹恹的样子，心里立即明白了八九分，于是回来叫牧童别慌着丢弃画业。过了一段时间，他打听到大师伤好了，家里也平顺了，便自己捧着画儿去见大师，叫牧童跟在自己身后。这位大师现在神清气爽，早已记不得牧童的长相，也早已记不得自己看过他的画。他拿着画仔细一看，接着赞不绝

口，说这画十分传神，还有几分仙灵之气，非常难得。

牧童对此茫然不解，离开大师的家后赶紧问老翁，为什么大师的两次评论差异这么大。老翁意味深长地一笑，对牧童说："你第一次去的时候，这位大师正因为一连串的祸事，心情不好，所以就胡乱评了；而现在他心情变好了，有空仔细看你的画，评价才算真实。要想叫人评东西，就得等人心气平顺的时候来。"

一个人对一个人、一件事的评价会因为心情不同而完全不同。既然因为评价者心情不同，对你的评价就可能完全不同，那为何还要在意别人的评价呢？

寻找快乐

从前有个叫阿端的人，家里有座菜园，每日有雇工帮他种菜，他所要做的，就是时不时到菜园子里，检查检查蔬菜的长势。这样清闲的生活是很多人羡慕的，但是他就是觉得没劲儿，天天跟人诉苦，说自己这生活寡淡无味，根本不知道快乐在什么地方。一开始旁人觉得他这是没事找事，都不愿意搭理他，但是见他天天没精打采，又怕他真的心里不舒坦，因此生出病来，便找了一个智者来开导他。

智者问明了他的情况，不动声色地笑了，对他说："你要想找到快乐，其实也不难。我有快乐的独门秘方，不过你必须帮我完成一件事。等你把那件事完成之后，这秘方我就告诉你。"

阿端很是好奇，便问智者是什么事情。

智者便把阿端带到了一个荒废的园子里，在园子中央的大石头上，正坐着一个愁眉苦脸的孩子。智者对他说，这个孩子的家前阵子遭遇大火，他的父母都被烧死了。现在他由亲戚照顾。因为痛失爹妈，又没有亲近的朋友，所以他每天郁郁寡欢。如果阿端能想办法逗他开心，帮助他从郁郁寡欢中走出来，智者就告诉他快乐的秘诀。

阿端觉得这问题应该不难——小孩子，只要得到些好看好玩的东西，应该就会破涕为笑了。于是，他就从小摊子上买了个小泥人儿，送到那孩子手里。那孩子待人很是礼貌，双手把泥人接了过去，但是看神情应该不太喜欢。阿端一次没成功，颇有些沮丧，但是为了获得快乐的秘诀，他只有再接再厉。

阿端仔细研究自己失败的原因，得出的结论是：对于小孩子，一次逗他不开心，就要持之以恒地逗他开心，直到他开心为止，而且要投其所好。他仔细回忆自己还是小孩子的时候，喜欢些什么。他记得自己喜欢去新鲜的风景优美的地方玩，有很多美丽的昆虫和植物最好。于是，他就和那孩子攀谈，获得他的信任之后带他去这样的地方玩，为了保持新鲜，他每次都带孩子去不同的地方玩儿。

在他的努力下，这孩子越来越开朗。而阿端，一开始满脑子只是“逗这孩子开心”，但渐渐觉得自己也很开心了——每个人心里都住着一个孩子，他这样重温旧梦也不错。过了一段时间，那孩子终于彻底从抑郁中走了出来，变成了一个快乐的孩子，阿端也找到了自己的快乐。他现在才明白，所谓寻找快乐的方法，智者已经在不知不觉中教给他了。

帮别人寻找快乐，自己也可以找到快乐，因为要真正地逗乐别人，必须先逗乐自己。

如何才能过得好

有一天，哈波尔的朋友领来了一个叫海莉的女士。这位女士一脸的疲惫和愁苦，虽然看起来还年轻，但额头上却有几道刀刻般的皱纹。

这位女士一坐下来就向哈波尔倾诉她的烦恼。她受过高等教育，却没有找到一个好的工作，丈夫也因为变心，抛妻弃子而去，她现在自己带着四个孩子——不过这些并不是她现在烦恼的。她现在烦恼的，是她似乎不管怎么努力，都没法让孩子们过得好。她每天辛苦工作，给孩子们付生活费付学费，给他们买好吃的和好玩的，坚决不让他们的生活水平比其他父母双全的孩子差一丝一毫，甚至比他们还要强。她不仅在物质上供养他们，也非常注重他们的精神世界，一有空就和他们聊天，他们在任何方面遇到困难，她都尽全力帮他们解决。至于她自己，则是一点儿都舍不得吃，舍不得穿。面包上多涂点黄油都会心不安，一定要切下来抹到孩子的面包上。她已经不知道有多长时间没穿过新衣服，见到卖衣服首饰的店铺时，总是目不斜视。即便这么辛苦，她也没觉得有什么，只要孩子能过得好，她就没有任何怨言。然而令她感到诧异的是，即便她这么

努力，孩子们依然过得不快乐，每天无精打采，学习成绩也不好，问他们有什么苦恼，他们也不说。海莉又迷惑又着急，几乎要崩溃了。

哈波尔仔细听着海莉的倾诉，一时间也不知道说什么。听海莉这样说，她的确是个非常好的妈妈，孩子们过得不好的确有些奇怪，而且光听她的描述，她也看不出问题出在什么地方。她皱着眉头想着，忽然有了个主意，问海莉：“你家有空房吗？”

“空房倒是有。”海莉赶紧回答。

“那就请让我到你家借住几天，我来照顾孩子们，看看能不能和他们深入聊聊。”

于是哈波尔太太就暂时住进了海莉的家里。结果她发现，海莉的孩子们真是一群好孩子，都小心翼翼地，尽量不给妈妈添麻烦。看到这些孩子都这么懂事，哈波尔太太也迷惑了。但是在她家住了三天后，她的疑惑很快便消散了，同时也知道了症结之所在。

她找到海莉，说她已经知道问题出在什么地方了。海莉充满期待地看着她，哈波尔太太却没有直接说问题，而是跟她聊起了这些天的一些琐事。

“你还记得前天吗？你的大儿子迈克尔在擦地板时打翻了盛污水的水桶，你立即大发脾气，迈克尔非常慌张。”

一听这个海莉的脸羞红了，惭愧地说：“哎呀，我真是太急躁了……”

哈波尔太太继续说：“然后一天前，你的小女儿莉莉和朋友闹了别扭，害怕她的朋友就此不再理她，在那里郁郁寡欢。你倒是想要帮助她，问明情况后跟她说不要担心，好朋友是不会在意这些的。这话倒是正确的，只是莉莉一时还无法接受，还在郁郁寡欢，你就忍不住训斥了她几句，结果让莉莉更难受。”

海莉的脸涨得发紫，一时间羞愧无比，叹着气说：“唉，我真是太烦躁了……老实说，我每天压力实在太大，一不小心就……孩子们就是因为害怕这样的我，所以才过得这么不好，是吗？”

哈波尔摇了摇头：“孩子们不会因此记恨你的，他们都是非常好的孩子……其实你压力大，好嚷嚷，是因为你自己过得不好。你对自己太苛刻了……一个人过得不好，情绪上总会有点表现，这个是正常情况，没什么羞愧的。但是孩子们的压力主要不是来自你的烦躁，他们有巨大的压力，是因为看出你过得不好。他们心疼你，却又不知道该怎么劝你，所以闷在心里，时间长了，就形成了巨大的精神压力。所以，要想让孩子们过好，你自己先得过好，明白吗？”

海莉听从建议，开始善待自己，爱惜自己，渐渐地变得容光焕发，额头上的皱纹变浅了，急躁的性格也消失了。孩子们见妈妈过得好了，也真正快乐起来，学习成绩也提高了。

一个人要想让别人快乐，自己首先得快乐起来。不管怎么想着奉献，一个自己生活悲惨的人是无法让别人过得好的。

害 怕

从前，有一只恪尽职守的牧羊犬，它忠心耿耿地为主人守着羊群，最近却遇到了一个麻烦，那就是最近那边山上来了一只狼，长得十分凶恶又强壮，它每天都会来，站在山顶上看着羊群，似乎马上就要下来猎杀羊儿。牧羊犬站在羊群边上和它遥遥对峙，龇牙咧嘴地向它示威，而它却总是一副不在乎的样子。对此牧羊犬心里挺害怕，觉得那只狼根本没把它放在眼里，它的确有资本这样做，牧羊犬觉得自己要是和狼打起来，十有八九会输。它抬头看着狼，心里十分害怕，觉得它暂时没有冲下来，大概是在观测地形吧，等把地形观测熟了，大概就会冲下来了。狼要是冲下来了，它和羊群就惨了。

牧羊犬越想越担心，忍不住找到一条老牧羊犬求助。老牧羊犬听了它的情况后，叫牧羊犬带它去看看那只狼。第二天，小牧羊犬依旧守卫在羊群旁边，老牧羊犬则藏在隐蔽的地方，等着那只狼出现。那只狼果然又出现了，一脸杀气地盯着牧羊犬。牧羊犬感到心里发怵，便遛到老牧羊犬藏身处的旁边，佯装看向别的方向，低声问老牧羊犬现在该怎么办。

“怎么办？简单。你朝它冲一下。”老牧羊犬的语气竟然不以为然。

“啊？”牧羊犬简直不敢相信自己的耳朵，“我朝它冲？我可能打不过它啊！”

“没关系，尽管朝它冲就是了！”老牧羊犬说，“我做你的后援。不要磨磨蹭蹭了！你可是条牧羊犬，不是胆小鬼！”老牧羊犬的语气变得严厉起来了。

牧羊犬只好朝狼冲了过去。因为心里害怕，它反而拿出了十二分的气势，雷霆万钧地朝狼冲了过去。

狼看到牧羊犬冲过来，一开始岿然不动，在牧羊犬慢慢接近的时候似乎有后退的意思，在牧羊犬快要冲到它面前的时候忽然转身就跑。牧羊犬很是惊诧，也很是惊喜，又追了一段路，怕狼在远处设了埋伏，便没敢远追，站定看了一会儿，也没看到有什么埋伏的迹象，看来那狼真是因为害怕而逃跑了。

牧羊犬开开心心地回来，老牧羊犬笑着对它说：“我怀疑它其实也怕你，那副凶巴巴的模样只是装出来的。现在一看，果然如此！”

当你在害怕别人的时候，说不定别人也在害怕你。

宫　女

从前有位皇帝，想测试皇子的智商，便命一名宦官，带着几个宫女到皇子的府中，告诉皇子其中一个宫女是贫寒出身，其他都是富贵人家出身，限他一天之内把这个贫寒出身的宫女挑出来。

皇子细看这几位宫女，发现这道题有些难度。首先，光看外表，这几位宫女穿着一样的服饰，戴着一样的首饰，甚至搽的胭脂水粉都是一样的。个个都是粉雕玉琢般的模样，散发着一样的香气，根本看不出谁是贫寒出身。既然从外表看不出她们的身份差异，皇子便叫这几个宫女走动说话——在他看来，外表可以装饰，言行谈吐可没那么容易伪装。结果出乎他意料的是，这些宫女全都举止高贵，谈吐脱俗，看起来都像是出身高贵。既然从言谈举止看不出，皇子就叫她们写字——言谈举止可以训练，写字却必须从小学起，如果是出身寒微，写字肯定会差点火候。然而事情再次出乎他的意料，这些宫女写字的水平不分轩轾，光从写字依然无法分辨出谁是贫寒人家的孩子。

皇子没有办法，只好让府内侍女细看宫女们的双手，并命她们脱鞋，检查她们的脚底，看看有没有操劳（如果是贫家之女，就算不必为生计操劳，也要操持家务）导致的老茧硬皮，结果依然一无所获。

皇子这下犯了难，眼看着这一天即将结束，顿时急得抓耳挠腮。就在这时，皇子的乳母出来了，跟皇子说不要着急，她有办法找出那个出身寒微的人。她叫皇子命厨房拿出肉和各式调料，分给诸位宫女们每人一份，叫她们炒肉自食。等到她们各自肉熟的时候，再叫宦官从每人的菜里各舀出一勺呈进来，拿给她品尝。

皇子以为乳母是想考她们的厨艺，心想她们既然已经经过了那么多的训练，厨艺训练肯定也不会漏了。乳母这次估计还是徒劳无功。然而乳母尝了她们所有人的菜后，便对皇子说，那个做左边第二盘菜的宫女就是出身寒微的人。皇子不敢相信，但一天时间已到，有答案总比没答案好，便对宦官说了那位宫女的名字。宦官回去禀报皇帝，皇帝龙颜大悦，大夸皇子聪慧，给了皇子颇多赏赐。皇子喜出望外，也是丈二和尚摸不着头脑，回去问乳母，她到底是因何看出那个宫女就是出身寒微之人的。

乳母微微一笑，对他说，在本国，出身寒微的人为节约菜，都把菜烧得很是下饭，即要么咸，要么辣。因此，越是出身寒微的人口味越重。尽管那位宫女入宫后受过各种训练，胃口偏好却是改不了的，再加上一开始听说是炒来自己吃，因此也没想起来伪装。她尝到这位宫女的菜，觉得颇咸颇辣，因此判定她就是出身寒微之人。

对一个人来说，不管遇到什么事情，有些根深蒂固的生活习惯是一辈子都难以改变的。

一个香瓜引发的大战

从前，在一个镇子上，有两个法官，一个年老，一个年轻。有一天，有个女人来告她的丈夫，她说她的丈夫凶蛮暴力，只因为她在家里走路的时候把一个香瓜碰到了地上，就把她打得全身乌青。

年轻的法官听到后义愤填膺，认为他们该治这个丈夫的罪。老法官却不紧不慢地说："最好还是不要这么冲动。我们先把那个丈夫叫来，如果有什么人目睹了他们的争吵，把证人也一并带来，看看他们怎么说。"

丈夫和证人很快就来了——这位夫妇的住处临近大街，每次争吵时又会大吵大闹，倒是有不少证人可以问。这次来做证的，是一个从头至尾看完他们夫妻吵架的老人。年轻法官看到丈夫头上裹着一块布，布上隐隐透出血迹——显然是头被打破了，眼圈还有些黑，据推断应该是妻子打的，不禁感到有些意外：本以为这件事只是他一味凶暴，没想到他也是负伤惨重，对妻子的怜悯和偏向之心也因此减了几分。

"你这是怎么负的伤啊？"年轻法官问丈夫。

"都是这个悍妇打的啊！"丈夫恨恨地说，"今天因为她走路把一个香瓜碰掉了，我说了她几句，结果她就跟我打骂起来，把我搞成了这个样子，真是悍妇，悍妇啊！”

这和女人说的大相径庭。年轻法官疑惑地问女人：“你是因为他说了你几句你就把他弄成这个样子吗？”

“怎么可能！”女人尖声说，一脸愤愤不平的样子。年轻法官看看女人，又看看她的丈夫，颇为疑惑。

对此老法官微微一笑，问那个证人：“今天他们之间的冲突是因为香瓜而起的吗？”

“是的，大人。”证人答道。

“那他们只是因为一个香瓜打成这样的吗？”

“完全不是啊，大人，”证人苦笑着回答道，“今天一开始的确是因为女人碰掉了香瓜，但后来丈夫说这女人太傻太笨，一点儿活儿都干不好。女人生气了，便反唇相讥，说男的也好不到哪里去，挣不到什么钱还凶巴巴的。那男的更生气，便说虽然他挣不了什么钱，但是配这女人足够了——他说这女人又胖又丑，好吃懒做还傻，他配她说不定还吃亏呢。于是两个人都急了，都历数对方之前的不是，诉起积怨来。最后两个人都是火冒三丈，于是就打起来了……结果就变成了现在这个样子。”

年轻法官听了后颇有些哭笑不得，老法官笑着对他说：“这下你看明白了吧。虽然这件事是由一个香瓜引起的，但是他们打架受伤并不只是因为香瓜。”

虽然人人都说有因必有果，但是导致结果产生的，往往不是一开始的那个原因。在过程中，可能还有很多事情发生，它们一并导致了结果的产生，甚至可能是最重要的部分。但是人们在谈起一件事的前因后果的时候，总喜欢把“过程”——最重要的一部分略去不谈，只强调“前因”和“后果”。

胁　迫

阿兵是个农夫，每天兢兢业业地料理着自家的田地。他家邻居的菜园里长着很多肥壮的莴苣，迎着光就像一群群绿油油的小猪。阿兵每天看着这些惹人喜爱的蔬菜，非常想知道那是什么味道——他热爱蔬菜，对蔬菜很有研究，对于长得特别好的蔬菜，总想尝尝滋味。但是这个愿望似乎很难实现，因为邻居家的这个莴苣是自家食用的，不往外卖。阿兵如果跟他们坦诚自己看着他们的莴苣都要馋死了，也许还能讨一些来，但阿兵就是放不下面子。

有一天，阿兵实在忍不住了，便翻到邻居家的菜园子里，偷了几个莴苣出来。结果他刚刚翻出来，就看到红狗正站在围墙外朝他笑——红狗是这一片出名的无赖，整天游手好闲，就靠歪门邪道过日子。阿兵生平第一次行窃，却被红狗看见，简直羞愧难当，赶紧揣了莴苣逃走，回家后立即把莴苣凉拌了吃了。这莴苣的确是汁多味美，阿兵却没吃出什么特别的好味道。第二天早上起来洗脸，赫然发现本该挂在自己脖子上的护身符不见了，心想肯定是掉在菜地里了，想回去找，却又不敢。

之后整个一个上午，阿兵的天空都是灰色的。盗窃是多么丢人的罪行，他是知道的。他一生都是正直的好人，名声清白得很，如果之后被打上盗窃犯的标签，一想就觉得十分可怕。如果只是背上不好的名声，倒还罢了，可怕就可怕在现在的国家法律严厉打击各种犯罪，尤其对盗窃深恶痛绝。他虽然只是偷了莴苣，但要是被确定罪行，恐怕也要入狱几年。他一边干农活儿，一边担心忽然会有官差跳出来，把他抓起来。然而就在这时，红狗出现了，笑嘻嘻地拿着那个护身符，朝阿兵一晃。

原来那个护身符被红狗捡到了，他没有去告发阿兵，也没有把这件事告诉任何人。不过红狗做这件事可不是纯好心，他的目的再明白不过。他替阿兵保密，阿兵要给他好处。于是红狗开始隔三岔五地到阿兵家里“借东西”，阿兵害怕他去告发，不管他要什么，都得给他。然而红狗的胃口越来越大，有一次竟然私自把阿兵家的绵羊拉走宰杀，炖成一锅羊肉吃了。阿兵很是生气，想要发作，但想到他有把柄在红狗手里，便告诫自己不要冲动，不可以因小失大，“忍一忍”就过去了。

然而红狗的贪欲并没仅止于此。有一天，他竟然找到阿兵，叫阿兵把自己的女儿嫁给他。阿兵终于忍无可忍——就算之后永远被打上盗窃犯的烙印，就算要入狱很久，他也顾不得了，遂到法庭自首。

法庭查明红狗敲诈的罪行，给他重重地判了刑。阿兵也因为盗窃获罪，不过判得并不重。阿兵回想这些天来发生的一切，不由得感叹自己当初真是傻——早知道这样，不如早早来投案了。

面对敲诈的时候，人总会以为，忍一忍，抛弃点利益就能苟安，殊不知敲诈者往往会无休止地进行敲诈，胃口还会越来越大，总有一天会让被敲诈者忍无可忍。

过几年

阿鼎是一个安分守己的人，兢兢业业地守着自己的小铺子，规规矩矩地做生意讨生活，可以称得上童叟无欺。而阿聪则是个乖滑之人，他家的店铺就开在阿鼎家对门，商品远不及阿鼎家的好，做生意也远不如阿鼎厚道，但就是巧舌如簧，总是能忽悠顾客买他的商品，有时候甚至为了挤对阿鼎家的生意，还编造谣言。阿鼎找到阿聪质问，阿聪却抵死不认。阿鼎没有办法，气呼呼地回家，心想阿聪如此不厚道，一定会下场悲惨。

然而令他诧异的是，不久之后，阿聪的妹妹嫁给了县令做填房，阿聪又送给县令很多金银，官府便格外看顾阿聪的生意。阿聪的生意很快便做得很大，虽然做生意依然很不厚道，但不妨碍他赚钱。阿鼎不明白像阿聪这样的人怎么能如此走运，愤懑之余，对整个世道都失去了信心。

有一天阿鼎不小心受了风寒，生病了，他的一个叔叔赶来看他。人在生病的时候总喜欢跟人聊各种不平之事，他便跟叔叔聊起了阿聪的事情。叔叔听了后只是微微一笑，叫阿鼎不要急着愤世嫉俗，先“等几年再看”。

阿鼎不知道叔叔是什么意思，但是因为他自小尊重叔叔，便打算听叔叔的，耐心地等几年。几年后阿聪靠着官府，把生意做得极大，却也因此弄出事来。有一天，微服私访的钦差大臣来县里私访，买了阿聪家的残次商品。钦差大臣未换官服，依旧穿着私服来理论，结果反被阿聪的打手辱骂恐吓。钦差大臣愤而离去，彻查阿聪家生意，结果发现了他和县令官商勾结贪赃枉法等一系列罪行，阿聪和县令都因此获罪下狱，之后的下场自然不消提了。阿鼎看到这个后心平气顺，甚至后悔当初为什么要如此愤懑，以至于怨天尤人。

在这个世界上，小人、坏人和草包走红运的事情屡见不鲜。但看到这些事的时候，你先别慌着生气，先等几年再看，说不定几年之后他们就从天上掉到地上，让你觉得世界依然是公平的。

志向与压力

阿志是个勤奋努力的青年。他白天上班，晚上学习各种知识，每天都在全力以赴地奋斗，工作上却没有什么大的起色，颇有些让人迷惑不解。有一天，他因为劳累生病了，病并不算大，没想到他竟一病不起。他的朋友阿恒感到很奇怪，去看望他，结果发现他一脸愁容地躺在床上——看来压垮他的不是病魔，而是心里的愁闷。

阿恒更奇怪了，因为在他看来，像阿志这么奋进的人，应该不会轻易被什么愁闷压垮，便轻声问他到底在为什么事情发愁。

阿志苦着脸，眉头之间挤出了深沟："说起来也许你会觉得匪夷所思……我是被我的志向压垮了。"

"啊？"阿恒又意外又奇怪，"你有什么志向啊？"

阿志的脸上现出一种怪异的神情，那是骄傲、心虚、迷惑和羞惭的混合体："我的志向，是成为这个国家的首富呢。但不管我怎么奋斗，都离这个目标很远，我越想压力越大，越想越觉得沮丧，所以就病倒了。"

阿恒听了后哑然失笑。听了阿志的话，他不仅明白了阿志为什么会压力巨大，也明白了阿志之前的工作为什么没有起色——就是因为这个愿望太难完成，阿志根本不知道自己该怎么样奋斗，可能工作和学习的时候就是东抓一把西抓一把，觉得这条道不行又赶紧去试另外一条道，结果导致各方面都是失败的，所以才会努力这么久都没见任何成效。

“这个啊，想要达成这个志向是很难……”阿恒苦笑着说。

“你不会是也想劝我放弃这个志向吧？”阿志露出了厌恶和苦恼的神情，翻了一个身，“我可不想放弃我的志向，那毕竟是我的志向啊。唉……其实我自己也觉得希望渺茫，有想过放弃，但是一想到放弃，就觉得整个人生都似乎没意思了。再说，我已经为达成这个愿望奋斗了好久，如果现在放弃，就等于一切都打水漂了。仔细想想，我实在舍不得。”

“不，我不是叫你放弃志向。”阿恒赶紧说，“我是叫你换一个实现它的方法。”

“啊？”听到这话后阿志顿时来了兴趣，又把身翻了过来。

“是这样的，”阿恒一字一句地说，“老实说，想要一下就达成你的目标，几乎是不可能的事情，所以你不妨从这个大目标里分出许多小目标，分别把它们完成……比如说先赚到一笔创业的钱，然后再开家小公司……就像上楼梯似的，一步一步地往上走——没有人可以一下蹿到楼梯顶上的，对吧？得按部就班地一阶一阶地往上爬，才有登顶的可能！”

阿志听了阿恒的建议，觉得很是靠谱，立即振奋了起来。他的病本就是心病，振奋精神后很快就好了。之后他便按照阿恒所建议的，一步一步地朝目标前进，进展很是不错。他很快便赚到了一笔钱，据说很快就能开一家自己的小店。阿恒看

到阿志的成绩，开心地笑了。把大目标分成小目标，一个个完成，不仅可以分散压力，认清道理，寻找最优的前进方式，更重要的是，不会导致一步走错满盘皆输的情况。不管在前进的路途上遇到什么挫折，就算至此停滞不前也好，之前的成就也基本上不会就此失去。

讨厌鬼

最近阿星有些不痛快，那是因为她身边有个讨厌鬼。这个讨厌鬼叫阿惠，一开始并不讨人厌——她刚刚在阿星身边出现的时候，又阳光又活泼又善解人意，阿星才会接纳她，让她当自己的朋友。然而时间一长，阿惠的本性就暴露了——她喜欢嘲弄别人，而且嘴巴尖酸刻薄，天天嘲笑阿星衣服土，行为笨拙，阿星的言行要是有一点儿错漏，她都要挑出来指正，接着对她大肆嘲弄。除了喜欢嘲弄阿星外，她还喜欢打探阿星的隐私，不管阿星在干什么，总喜欢伸着头偷看。如果阿星做出阻碍她看的动作，阿惠就说她“太提防人了”“小家子气”。

阿星对她的所作所为很是恼火，但是又不便发作。她找到阿惠，认真地跟她说她这样不好，阿惠对此哈哈大笑，说阿星“多心”了，她“不是那个意思，顶多只是开开玩笑”，之后言行不变，似乎比以前还要讨人厌。阿星对此深恶痛绝，心想是不是得狠狠地和她大吵一架——但是这样显然是不行的。她和阿惠低头不见抬头见，真要是剑拔弩张地闹开了，不但可能引发糟糕的后果，别人看了也会见怪，但是阿惠那个样子，又实在让她受不了。

阿星越来越烦躁，忍不住找朋友商量。朋友听了之后，淡淡地说要想摆脱阿惠，其实很简单，叫阿星之后一个星期，除了十分必要的话之外，不要和阿惠说话。不管遇到什么情况，一定要坚持。只要能坚持下来，差不多就能摆脱阿惠了。

阿星听了后半信半疑——老实说，她不确定，光不跟阿惠说话就能降服她？再说，如果不跟阿惠说话，她肯定又要酸酸地说些阴阳怪气的话了。

不过虽然这样想，阿星还是打算试一试。阿惠见阿星不再理睬她，果然有些不舒服，开始阴阳怪气地说一些含沙射影的话，跟别人说话的时候也似乎另有所指。阿星心里怒气勃发，但想起朋友嘱咐的话，咬着牙假装听不见。不过即便如此，她还是觉得阿惠可能会越来越过分，怀疑自己可能忍不下去，觉得自己和阿惠大吵一架是早晚的事。然而令阿星讶异的是，阿惠只是一开始说了好多怪话，但是并没有越演越烈，渐渐地不敢乱说什么话了，两个星期没过完，就已经变得乖乖的，再也不敢说话刺激阿星了，也知道和阿星保持合理的距离了。

阿星很是高兴，但也有些茫然不解，便去问朋友这是怎么回事。朋友依旧淡淡地说，阿惠之所以敢跟阿星胡闹，是因为觉得自己和她熟。要让阿惠不再敢和她胡闹，最好的方法是把“熟人变成生人”。所以当朋友圈里出现讨厌鬼的时候，不要跟他们吵也不要跟他们闹，只要疏远他们，他们自然会知趣地待到一边儿去。

掉以轻心

有个大臣想谋反。因为怕被人看出破绽，他称病在家，一连几个月不出门，也谢绝所有人来探望，实际上是背地里为了谋反筹备谋划，同时秘密地接见同样想谋反的人。因为谋反之事事关重大，如果暴露，还会掉脑袋，所以他在做这些事的时候都小心到了极点，严密保守信息。在和参与此事的文官武将共论大计的时候，他连亲信都不许守在旁边。

有一天，他又和一群文武官员谈论谋反之事，已经快要谈完了，忽然听到窗外有响动。大臣赶紧出去看，结果看到一个人躺在窗下。大臣吓了一跳，心想他不是早早发下命令，不准任何人接近这个房间嘛！仔细一看那人面容，却发现这人是傻儿。

傻儿之所以叫傻儿，是因为他真的傻。他是厨娘的儿子，小时候因为发烧烧坏了脑子。大臣可怜他，就让他留在府中，因为他是傻子，所以大臣的禁令也约束不到他身上。

大臣发现窗外之人是傻儿后，就放下了心，因为傻儿有多傻，他心里十分清楚。傻儿完全可以说是不懂人事，他们在说什么，傻儿绝对听不懂，因此完全不用担心。于是他就对傻儿

胡乱训斥了几句，把他赶走了事。

然而令大臣意想不到的是，傻儿虽然没听懂他们在说什么，但是记忆力惊人，在和外面小孩儿玩的时候，把大臣他们说的话一字不漏地复述了出来，当好玩儿的事。小孩子自然听不懂他在说什么，回家后当作玩笑话告诉父母，其中就有一个有心人记下了这件事，把傻儿骗到一处，拿果子给他吃，细细地叫他复述，在得知大臣在密谋造反后，赶紧上报朝廷。大臣和同谋者都被抓了起来，然后被处死了。

在进行重要的事情的时候，对谁都不能掉以轻心。

栽跟头

从前有位母亲，特别希望自己的孩子能够在很小的时候就获得很大的成就，因此特别喜欢关注各种“神童”的新闻。为了把自己的孩子也培养成所谓的神童，她把孩子催逼得很紧。别人劝她别这样，小孩子如果成功得太早了，说不定有什么坏事跟在后面。对这种说法她要么嗤之以鼻说是偏见，要么就说是某些人见不得人家孩子好，故意这么说的，总而言之，是完全不听。有一段时间，她特别喜欢一个全能童星，小小年纪就唱歌跳舞样样行，很有人气。她就拿小童星的事酸说她的人，说“人家怎么都一直没事”。

然而她这话没说多久，小童星就出事了——因为过早地谈了恋爱，对方女孩又不是良善之人，导致出了丑闻，不得不退出娱乐圈。

别人问她对此事做何感想，她便说文娱界太浅薄，那里的神童其实都不算有真正的有才能，因此他出事是难免的，但他出事并不能代表其他神童都会出事。别人对此只是冷笑，她假装看不见。对娱乐圈神童失望后，她又转而喜欢学习神童。这位学习神童从小学到高中一直跳级，十四岁就考上了大学，一时间登上各大报纸。对此她很是替这位神童得意，又用这位神童的成就酸别人。然而没过多久，这位学习神童又因为不适应大学的生活，学习成绩下降，他受不了这种失败，愤而从大学退学，之后就再也没有他的消息了。

这位母亲很受打击，但是依然没改变她对神童的向往和信心。过了一段时间，她又开始崇拜一个发明神童。这位发明神童很不一般，从小就具有创新思维，发明出了很多东西。在这位母亲看来，这位神童才是地地道道的神童，他的发明能力是谁都夺不走的，成长的道路绝对一帆风顺，然而这位神童又让她失望了。这位神童因为受到了社会的广泛关注，也因此承受了巨大的压力。因为压力压迫了思维，他再也发明不出任何东西，过了一段时间，他竟然还因为压力过大得了肿瘤，虽然治愈的希望不小，但是很难再像以前一样搞发明了。

精神偶像的连串倒下让这位母亲精神上受到极大打击，她开始怀疑"是不是真的神童都神不长久"。有一天，她在公园里遇上了一个老太太，无意中和她谈起了这事，谈着谈着就带上了愤懑的情绪，说："为什么神童最后都不神了呢？"老太太听了后表情平淡，跟她说了这么一段话：一个孩子如果过早地成功了，的确会在之后遇到挫折。这不是一种魔咒，而是可以找到合理的解释的。过早成功的孩子都有两个问题，一个是"太顺"，一个是要过早面对成功带来的繁忙和压力。一个孩子如果人生太顺，往往缺乏承受挫折的能力。如果出现挫折，他极有可能会处理不好而陷入低谷。另外，不管一个孩子有多么出众的情商，他的身体还没长成，心理更没有发育成熟，根本无法招架成功之后繁忙的行程和巨大的心理压力。当无法承受各种压力的时候，要么是才华褪色，要么就是健康出现问题。不能说所有的孩子早早成功后都会遇挫，但是"年少成功"的确是个很考验人的事情。

仇人的名字

兵兵和一个小朋友闹了别扭，本来不是什么太大的事情，但是兵兵就是耿耿于怀，以至于一想起他就恨得咬牙切齿。他的妈妈觉得这样不好，试图说和，但是兵兵就是不听。兵兵的妈妈对此很是苦恼，有一天忍不住跟自己的朋友倾诉。她这位朋友听过后高深莫测地一笑：“放心，我能劝得好他，不过不是以一般的方式。”

于是这位阿姨找到兵兵，对他说：“兵兵，我知道你很恨毛毛（惹他生气的小朋友），但是你天天躲在自己家里恨，毛毛又不知道。把恨憋在心里，还把自己身体憋坏了。”

一听阿姨提起这个话题，兵兵又气得牙根痒痒，扁着嘴说：“我想找他吵啊，但是妈妈不同意。”

阿姨会心地笑了：“没关系，我有个方法可以让你不用和他当面吵，也可以出气。”说着拿出一沓信纸，“你把你想对毛毛说的话都写下来，想写什么写什么，写得越狠越好，我帮你寄给毛毛。”

兵兵听了后立即抖擞精神，狠狠地写了一篇“斥骂信”。阿姨看了他的信，觉得他写得挺偏激，但还是不动声色地收了，隔天对兵兵说，她已经把信交给毛毛了，毛毛看了信后气得满脸通红。阿姨问兵兵消气了没有，兵兵恨恨地说还没有消气。阿姨便叫兵兵再写信。这样的信兵兵一连写了好几封，什么难听的话都说尽了。到此时兵兵的气才算消，但是又开始后悔了——他开始记起毛毛的种种好处，后悔自己不该把话说得这么绝，想和毛毛和好，又怕毛毛不愿意。阿姨看到兵兵这样，笑吟吟地拿出了当初叫兵兵写的那些信——原来她并没有把这些信给毛毛。她叫兵兵写这些信，只是想叫他把气先撒出来。

要想让一个人消气，必得先想办法让他撒气，等他气撒完了，理性才能回来。

焦虑与岁月

从前有个年轻人，成天陷于焦虑之中：他焦虑于自己的人生道路尚未明晰，焦虑于自己的事业道路尚未确定，焦虑于自己的终身伴侣似乎还在遥远的路上，焦虑于自己的前半生所受之苦是否能在后半生得到弥补。这些焦虑层层叠叠地加在一起，颇有点让他不堪重负。

有个年长之人看到他焦虑的样子，不停地劝说他，对他说人生其实无法规划，他这些焦虑都是没有用的，与其焦虑，不如空出时间来干自己喜欢干的事情，享受生活。

年轻人根本没法把这些话听到耳朵里去，因为在他看来，他的忧虑都是十分必要的。年长之人对此只有苦笑，说等他到了自己这个年纪，就会明白了。年轻人一直在焦虑之中奔忙，一转眼就人到中年了。此时他才算真正领悟了长者当年说的话，为自己之前的错误焦虑悔恨不已——的确，人到了一定年龄都会明白焦虑无用，但是岁月已经无情地逝去了。他为自己在焦虑中逝去的岁月而惋惜不已，但是过去的就是过去了，永远都追不回来。他对此颇为惆怅，找到当年的长者——现在已经是个白发苍苍的老翁了，说起自己的后悔。老翁听到后无奈

地耸耸肩，说虽然他这个年轻人（对老翁而言，他依然是年轻人）过了很长一段岁月才领悟到人生的哲理，但那是个不可逾越的过程。年轻人听到后依旧惆怅，老翁拍着他的肩膀笑了："你不用觉得难过，不管在什么时候，只要能够领悟，都是好的。因为还有好多人迟迟领悟不了呢。"说着伸手指了指邻村，"那里住着一个老伯，年龄比我还大，还在梦想发财而每天焦虑奔忙呢。比起他，你领悟得已经算很早了。"

锋利的刀子

之前，在一个原始丛林里，有一个原始部落，里面的人过着史前的生活，用树叶和兽皮做衣服，用野菜、野果和兽肉果腹，用石头和木头做工具。

有一天，有一伙人到森林里探险，走的时候留下了一把钢制的猎刀。之后原始部落里的一个人出来探险，看到刀在草丛里闪闪发亮，就把它捡了回去。原始部落的所有的东西都是共有的，因此这把刀就成了全部落的共同财产。部落里的人从来没见过金属制品，一开始只是觉得新奇，但后来就发现它真是非常好用——它比石刀可锋利多了，而且不容易折断，于是大家都喜欢用它来切割东西、剥兽皮。但是这样问题就来了，因为这把刀只有一把，但是全部落的人都喜欢用它，于是经常出现一个人还没用完另一个人就把刀拿走的情况，也渐渐出现一个人要用刀，而正在用的人不给，因此吵架斗殴的情况，到最后更有人为了把刀据为己有，偷偷藏了起来。于是，因为这把刀，整个部落闹得鸡飞狗跳，人与人之间的情谊变得疏离。

部落酋长看到了这个危险的倾向，赶紧召开部落会议，宣布这把刀是恶魔特意送来搅乱他们部落的不祥之物，命一名勇士当着全部落的人把刀子扔进了深渊。

噩　梦

从前有个人叫阿水，每天都会做同一个噩梦。他总是梦见自己家的房子塌了，全家被压在废墟下面，伤的伤，死的死，而且这个噩梦越做越清晰，就像马上就会真实发生一样。他对此颇为苦恼，找人商量。

所有人听了之后都对他说，梦只是人入睡后大脑无意识活动的产物，根本没有任何意义。他每天都做同一个噩梦，则可能是“日有所思，夜有所梦”，因为他被这个梦吓坏了，白天想了很多，所以才会晚上再做一遍。然而阿水并不这么认为，他觉得梦境一定有其意义，说不定真在给他什么警告，因此一边忧虑一边寻找解释。别人都笑他是杞人忧天，劝他不要这样，但是他依然坚持寻找“梦境的意义”。别人见劝不了他，也就随他去了。

因为相信梦境里的景象定有所指，因此阿水格外注意自己家的房子。有一天，他在房梁底下坐着，忽然感到有股灰尘落到了肩膀上。他用手一捻，发现是木屑。他立即警觉起来，仔细看了看房梁，结果发现上面有被白蚁蛀过的痕迹。白蚁蛀屋的后果可想而知，阿水赶紧找人灭杀白蚁，结果发现屋子里很

多地方已经被白蚁蛀坏了，如果不是尽早发现，塌房子真不是不可能的事情。

阿水的梦果真有含义，大家不禁一片哗然，有人甚至怀疑阿水有什么超能力，能预知或是查知别人不知道的事情。然而阿水对自己的“预知梦事件”倒是有十分科学的解释，他说自己可能在有意无意之间已经注意到了房子的一些异常，只是意识清醒的时候没有太在意。这些信息积得多了，便反映在潜意识里，通过梦境的方式让他注意到了。

一些看似毫无理由的忧虑，其实可能是潜意识给你的警告，认真对待它，也许你能发现需要发现的东西。

家族勋章

从前有个人叫山姆，他的爷爷是一名战斗英雄。山姆非常非常崇拜他的爷爷，因此报名参了军，希望能像爷爷一样屡立战功。爷爷也非常喜欢这个孙子，在山姆要上战场的时候，把自己当年的一个战斗勋章赠给山姆，叫他当护身符一样带着。

山姆小心翼翼地把勋章藏在内衣兜里，一直在战场上奋勇作战，并真切地感觉到它的力量。有一次山姆遇到了十分凶险的状况，他和他的战友们陷入了敌人的包围圈，而敌军人数比他们多得多。山姆和战友们浴血奋战，从包围圈里杀了出来。山姆大难不死，很是开心，伸手便去摸自己的衣兜，却发现爷爷给他的勋章已经丢失了。山姆感到十分伤心，坐在地上大哭了一场，然后充满愧疚地给爷爷写信。然而爷爷的回信十分简短："没有关系，老的勋章丢了，用新的勋章补上就是。"

人生的先后

从前有位教授，不仅喜欢教育学校里的学生，还喜欢教育邻居家的孩子。有一天，他在报纸上看到了一个教育人的方法，觉得很合他的心意，便打算也按照这个方式，教育自己身边的人。

他把邻居家的孩子召集起来，拿出一个瓶子，一些石块，还有一些沙子。他把石块先放进瓶子，然后再把沙子倒进去，如此这般教育学生们：人应该把大东西先放进人生，比如事业学历之类，之后再把小东西放进去，比如爱好玩乐之类，这样才能“大事小事”都完备。如果把小东西先纳入人生，就像先在瓶子里灌满沙子一样，之后那些大东西就放不进去了。

有个孩子很认可这个说法，开始思考自己的人生目标，觉得自己应该当一名科学家，不是那种模模糊糊的憧憬，而是认真地考虑如何当一名科学家。对于一个孩子来说，做实质性的规划未免太早，也难免会做一些徒劳无功的努力，因此每天都挺疲惫和苦恼。他的爷爷见了，觉得他这样很没必要。在他看来，孩子小时候就应该好好地享受童年，自由自在地玩。快乐的童年可以说是人生的基石，一个人如果小时候没有经历过真正的快乐童年，长大后心理和思想都难保健康。他打算说服自己的孙子，但想到孩子可能不会信服，最好的办法就是说服给他灌输这种理念的人，叫那个人改变说辞。

于是，他找到了那位教授，跟他说那个理念是错的。教授不认为这个理念有任何错误，反倒觉得爷爷的说法匪夷所思。爷爷对此只是微微一笑，拿出了一个瓶子，又拿出了一个石头，对教授说："你是用瓶子指代人生对吧，而这块石头，则是指代人生中的大事。"说着便把瓶子放在桌子上，然后把石头往瓶口上一扔。

"砰"的一声，瓶子被打得粉碎。

教授顿时一哆嗦。

爷爷微笑着说："你看到了吧，瓶子碎了。瓶子之所以被打碎，是因为它的瓶口比石头要小。同理，当一个人要是把他的人生还无法容纳的大东西纳入人生，他的人生也会分崩离析。我家孩子还很小，认真考虑如何当一个科学家，无论如何都太早。这样下去，不仅他的童年可能被毁掉，他余下的人生也可能过不好。"

教授心服口服，满脸羞惭地低下了头，之后找到那个孩子，改变了自己的说辞。

科学会不会犯错

在A市，有对夫妻，膝下有一个儿子，日子过得很是幸福。然而有一天，丈夫听到了一则谣言，说这个孩子不是他的。丈夫回到家里，越看儿子越觉得可疑，终于忍不住偷偷地把儿子带去做亲子鉴定。

几天过后，亲子鉴定的结果出来了，这个孩子和丈夫没有血缘关系。丈夫暴跳如雷，立即回家逼问妻子到底是跟谁生的儿子，并且要求离婚，儿子也不要了。妻子面对他的质问，觉得莫名其妙，坚决不承认自己有不忠，更不同意离婚。丈夫对此更加生气——因为科学是不会错的，他准备到法院提起离婚诉讼。

虽然丈夫认定这个孩子不是他的，孩子的奶奶却不这么觉得，因为这孩子是她从小带大的，很多地方都和她儿子几乎是一个模子刻的，不会是别人的孩子，于是就要求孩子爸再带孩子去做一次亲子鉴定。孩子爸认为没有必要，因为DNA鉴定不会有错，但是孩子奶奶坚决要求，甚至以死相逼，不得已又带孩子去做了一次。这次出来的结果却和上一次的大相径庭：这孩子就是孩子爸的亲生骨肉。孩子爸又惊骇又糊涂，赶紧去之前给他们做亲子鉴定的机构查询，结果发现上次给他们做亲子鉴定的工作人员犯了错误，把样本搞错了。

科学不会犯错，但是使用科学的人会犯错。

着　急

有一个杂货铺的老板娘，小儿子被人诬告杀人。她的丈夫和大儿子出去奔走，忙着打官司，她则留在家里看家。老板娘自己在家里，越想越焦灼，越想越害怕，渐渐地什么事情都不想干，什么人都不想见，就把自己关在家里，头不梳，脸不洗，饭也不想做，几乎要卧床不起了。

她的邻居来串门，见她这个样子，赶紧劝她："您小儿子结果如何，还未可知，但从我这个外人看来，他冤情得雪的可能性还是很大的。你要是这样颓废下去，把自己毁了，他回来岂不是要哭死？再说虽然你现在待在家里，对在外奔走的爷儿俩来说，算是为他们守着大后方。你要是把自己毁了，他们在外，没有了支撑，办事也会受到影响啊！快别这样了，赶紧振作起来！"

老板娘仔细想了想，觉得他说得不错，但是想要振奋精神，却觉得心里还是阴沉沉的一片，想振作也使不上力，忍不住嘴一咧哭了起来："可是我怎么振作呢？我这随便一想，就想到担心害怕的事情……"

"没事儿，"邻居说，"只要你愿意振作，就有办法……

办法很简单，该干什么就干什么。你赶紧洗脸梳头，做点饭吃饱了，再把衣服穿起来，打开店门，继续做生意。平常该干嘛，你就干嘛。等把事情理顺了，就一切都能好起来了。”

老板娘内心也想把自己的状态调整好，便挣扎着一试。她吃饱喝足，收拾光鲜，打开店门继续做生意。刚开始的时候心里还是凄凄惨惨，也觉得很疲劳，甚至还有点不堪重负，但是时间长了，她坐在柜台后看着街上来来往往的人群，感到心里舒坦了好多，见那些买东西的人把钱递给她，又有了种资金正在流入的感觉，心里渐渐充实起来。就这样过了一段时间，虽然她的心里还有些担忧，但是已经彻底脱离了那种一团烂泥般的心理状态。人在为某事着急的时候，总往坏处想事情，这时千万不能什么都不干，而是得该干什么就干什么，否则还没等到你焦虑的事情得以解决，你自己就先趴下了。

差一点儿

从前，有一位先生，因为家里有事要返乡，预计来回需要一个月，就给学堂里的学童布下任务，叫他们每人每天写二十篇字帖，等他回来要检查。其中有个学童，领了字帖回家，第一天认真写字，写到第十九篇字的时候累了，觉得已经写了那么多篇了，少写一篇也不要紧，以后多努力些，补上就是，于是就把笔搁下，出去玩去了。等到第二天写字的时候，他又是写到第十九篇就不想写了，虽然记得昨天还少了一篇没写，但是他觉得没有关系：一两篇字没什么，随便哪天努把力都可以补回来，再说一个月还长着呢。

之后这学童每天都写字，每天都漏一点儿，自以为没事。等到月底，先生要回来了，他清点字帖的篇数，结果竟发现自己漏了三十多篇字，再加上他今天要写的，足足有五十多篇。学童吓坏了，赶紧开始补写，结果一天全在补写，没出去玩也没来得及休息，晚上点灯熬油写了好久，第二天去交字帖的时候，眼睛都是红肿的。

每天的工作该做多少就做多少，不要以为余一点儿没关系。如果你每天都余工作等待以后补，总有一天会余出令你咋舌的工作量。

大家一起说

从前，在一个村子里住着一对夫妻，以种菜为生。有一天，丈夫挑着菜去集市上卖，妻子在家里等待丈夫归来。快到中午的时候，妻子正在家里烧火做饭，一个人跑到她家说，她丈夫死了。农妇觉得匪夷所思，也根本无法相信：她丈夫早上出去卖菜时还好好的，怎么可能忽然就死了呢？她问这个人是谁说的，他说是村头的栓柱说的。

农妇立即过去质问栓柱，问他好端端的为什么要说她丈夫死了。栓柱说他可不是在编瞎话，他刚从集市上回来，是那里的人说农妇的丈夫死了。农妇又慌又疑，赶紧到集市上去，结果听到大家都在传言，说几个农夫在天桥上卖菜的时候遇到了群体斗殴事件，因为躲闪不及，被挤到桥下面摔死了。他们的模样、装束和名字被描述得清清楚楚，农妇的丈夫赫然在列。听到这个后农妇彻底绝望了：要是一个人、两个人在说可能是胡说，但是大家都说，就应该不是胡说了。再说这些人都不认识她的丈夫，却能说出他的名字，看来是真真切切发生了此事，否则他们就算要编，也编不出他的名字来。

农妇哭哭啼啼地跑到天桥底下去认尸，结果发现桥下只有几摊血迹，官府的人已经过来把尸体搬走了。农妇又哭天抹泪地要往官府去，却冷不丁被一个人抓住了。农妇回头一看，发现正是她的丈夫，一张脸吓得蜡黄。

原来他在桥上卖菜的时候正好碰上斗殴事件，眼睁睁地看着几个人被挤了下去。他吓坏了，挑着菜担子就跑，到了一个地方歇了好久，等到心情平复了才敢回来看。农妇不知道该哭还是该笑，问他为什么大家都说他死了，农夫也是一脸茫然。他们回村里去，结果看到和他一起出来卖菜的二狗正在跟村里的人说话，口口声声地说农夫就是摔死了。

原来当时二狗在桥下卖菜，听说桥上有人打架，还有人摔死了。二狗吓得拔腿就跑，之后没看到农夫再出现，就猜度他是摔死了，便跟人说他的同乡某某，从桥上掉下来摔死了。结果集市上的人，一传十，十传百，便都说农夫摔死了，而二狗听别人都这样说，反倒更加认为他猜的是对的。

千万不要因为大家都在说某件事是真的，就以为这件事是真的，因为他们可能传说的是同一个谣言，而这个谣言的来源，很可能只是一个人。

买野菜

从前有个人，每到夏天野菜繁盛的时候，就用面粉和糖做出糖饼，以一个糖饼换一筐野菜的价格，跟小孩们收野菜。村民们觉得他的行为不可理喻——只听说过人在荒年挖野菜吃，从来没听说有人在丰年买野菜的，都暗地里嘲笑他。他对这些嘲笑充耳不闻，继续收野菜，并把收来的野菜晒干，放在仓库里。

若干年之后，这里发生了大旱灾，连树皮草根都被人吃光。这里的百姓因为没有粮食，十有八九外出逃荒，只有收野菜的那家人把粮食和野菜掺在一起吃，最终撑过了荒年。

一些看似荒谬的行为，可能是别人无法理解的睿智之举。

传　言

有个老板姓黄，有一天听说自己分店的店长总喜欢偷偷说他的坏话，感到十分生气，要把店长给炒了。他的朋友知道了这件事，叫他千万不要急躁，问他有没有确凿的证据，证明这个店长的确说过他的坏话。

“没有事情会空穴来风！”黄老板气呼呼地说，“再说跟我说这件事的人是绝对可以信得过的！”

“哦，”听了这话后朋友思忖了一下，“其实有些事情可能只是空穴来风……而且信得过的人说的也未必就是实情。”赶在黄老板反驳他之前又说，“这样吧，你先看我做个试验。等试验做完，你就会明白了。”

在门外有很多孩子在跑着玩，朋友把他们召集过来，以给糖吃为补偿，叫他们帮忙做试验。朋友叫孩子们坐成一排，拿出一张纸，叫黄老板写一句话。黄老板不知道该写什么好，便随便写了个“把水壶拿来”。朋友便把坐在最左边的孩子叫过来，把写在纸上的话给他看，叫他用耳语的方式告诉身边的孩子，要求要让对方听清楚，但是不能让别人听见；然后听到这句话的孩子再用耳语的方式向下一个孩子传话，以此类推。

等到传话结束后，朋友叫最右边的孩子把自己听到的话写到纸条上，再递给黄老板。黄老板打开一看，不由得啼笑皆非，因为上面赫然写的是“把水葫芦拿来”。

“这下你明白了吧？”朋友笑了笑，“这些孩子们是我临时找来的，他们没有理由特意歪曲这句话，做的事也只是把这句话口耳相传而已。这里就这么十几个孩子，传话的时间很短，传的话又这么简单，却依然会把原话歪曲成这个样子。如果是复杂的事情，天知道在信息传递过程中会被歪曲成什么样子。所以你的店长说你坏话的事情未必是真，你还是好好地调查一下，再考虑是否要炒掉他吧。”

黄老板觉得很有道理，回去对店长暗中观察，没有发现他有任何不努力工作和抱怨老板的迹象，这才确定所谓“店长说他坏话”的事情完全是子虚乌有。

占便宜

阿章是个农夫，闲时喜欢吹竖笛，之前花高价买来的竖笛坏了，短时间里买不到合适的新竖笛，心里几乎要痒出病来。

有一天他干完活儿，在田埂上休息，结果看到一个孩童拿着个竖笛在玩。阿章一时间心痒难熬，便把那个孩童叫过来，向他借竖笛。这个孩童二话不说就把竖笛给了他，任他吹，也不来催要。阿章吹了个尽兴，吹完后把笛子还给孩童，孩童也没有要什么报酬，拿着竖笛就走了。

第二天阿章休息的时候又看到那个孩童拿着竖笛，坐在附近玩，便再找他借。孩童依然是二话不说就把竖笛给他了，依然让他吹了个尽兴，之后也没要任何报酬。之后一连几天都是如此。

阿章觉得自己占了大便宜，忍不住对朋友说起此事，哈哈大笑着说小孩子就是傻，好占便宜。朋友将信将疑，便瞒着阿章，在他干活儿的时候偷偷去看了看，看到真相后忍俊不禁，在阿章回来后拉着阿章哈哈大笑，说道："你知道吗？在你专心致志玩他竖笛的时候，他正用剪子，在你的麦田里剪麦穗儿呢！"

很多时候，你以为你在占别人的便宜，其实别人也在占你的便宜。

坏　人

从前，有个捕快，奉命缉拿一个江洋大盗。这个江洋大盗穷凶极恶，无恶不作。他和一位老捕快，也就是他的师父搭伙查案，立志要把这个江洋大盗捉拿归案。

有一天，捕快和师父得到了两条线索，分头去追查。在追查自己手里的这条线索的过程中，捕快得到一条线报，说在城西的一座空屋里，有个人行踪可疑，很可能就是那个江洋大盗。捕快赶到空屋旁边，藏在草丛里窥视，结果看到在屋前有一个花架，上面爬满了喇叭花。一个男人正站在矮墙边，静静地看着这些喇叭花。捕快见他容貌清秀，神情静谧，不像是穷凶极恶的江洋大盗，便有些犹豫。正在他这么想的时候，忽然一个小女孩跑来，在喇叭花前摔倒了。

那个男子赶紧过去，把小女孩扶起来。小女孩的膝盖跌破了，他就用手帕仔细地擦干净她的伤口，再用另一块手帕把她的伤口包扎好。捕快看了之后很感动，觉得这人绝对不是江洋大盗——这个男子并不知道有人在窥视，因此也绝对没有做戏的理由。线人的线报可能有误，捕快便离开了。

后来他和自己的师父会和，无意中说起了这件事。师父听

到后连连跺脚，说那个人可能就是江洋大盗。捕快觉得不可思议，说他对小孩那么友善，怎么可能是穷凶极恶的江洋大盗呢？师父看着他，意味深长地说，人不是只有一面，即便是再穷凶极恶的人，也有善良的一面。他现在还年轻，所以不懂这个道理，之后会慢慢懂得的。

不久之后，他们终于抓到了那个江洋大盗。结果，他就是捕快那天看到的男人。他被抓的时候刚刚做下一桩大案，杀死了一家十口人，包括一个十岁的孩童。捕快非常震惊和愤怒，质问他为什么对这个孩子这么残酷，平时他对孩子不是挺好的吗——由此怀疑那天江洋大盗是不是已经发现了自己的行踪，故意做戏给自己看。

江洋大盗听他讲起那天的事时，露出了惊诧的神色——看来他是真不知道捕快那天也在，然后不以为然地笑了笑，说他和那个孩子只是偶遇而已，他不吝惜对她好。但是那个被杀死的十岁的孩童他是在“办事”的时候遇到的，因此必须把他除掉。

童年的恐惧

有个叫阿槐的人，小时候特别恐惧村里的一口枯井。这个枯井没有什么特别，只是很黑很深。有一天晚上，阿槐从井边路过，因为好奇往井里看了一眼，结果看到井里有个白影一闪而过。阿槐以为自己看到了鬼魂，吓得一屁股坐在地上，然后撒腿就跑。

虽然事后他想应该只是眼花，但因为当时被吓得太厉害了，他从此对那口枯井有了心理阴影，不仅不敢接近这口枯井，甚至想到它都会害怕，老是怀疑这口枯井里是否真有什么怪物。大家不停地告诉他他这个恐惧是没有必要的，但是阿槐就是无法战胜内心的恐惧。

转眼间阿槐长大了，出村到城市里去打拼，在那里成了一个成功人士。有一次，他回乡探亲，又想到了那口枯井。想起自己曾经对这个枯井有着不必要的恐惧，便打算再去枯井边看一看，了结童年的“糗事”。

打定主意后，阿槐便朝井边走去。他觉得自己已经长大了，又是个成功人士，一定不会再害怕童年害怕的东西了。然而令他讶异的是，当他朝枯井走的时候，依然觉得心跳加速，

恐惧发冷，就像小时候一样。好不容易挨到了井边，他已经几乎要喘不过气了。他对自己的状态感到十分惊诧和不解，但觉得自己必须要战胜恐惧，便深吸一口气朝井里一看。

井里似乎又有一个白影飘了过去。阿槐再也忍耐不住，转头撒腿就跑，几乎跑掉了鞋子。

童年的一些恐惧，不会因为你长大了就自动烟消云散。

说三道四

阿香的日子一直过得很好，最近却栽了跟头。她的丈夫被一个妖艳的女人迷住了，跟她离了婚。阿香因为离婚非常痛苦，还担心别人对她说三道四，嘲笑她。渐渐地她因怕被人背后议论压力巨大，日渐憔悴。

她有个朋友叫阿宝，觉得她根本没必要担心别人说三道四，因为在她看来，阿香在这件事里没有做错什么，完完全全是受害者。再说就算她有错，也是她家的事情，别人犯不着多嘴多舌。而阿香说阿宝太天真了，她家里出了这个事情，肯定会有人说她“没本事、没魅力，看不住老公”“连眼前的老公都看不住，之后肯定也找不到人再嫁，就算再找到个什么人，也是一两年就被甩的事情”。或者还有人因为嫉妒她之前过得顺，对她离婚的事情拍手称快。说不定还有很多更难听的话，她都不敢想。

阿宝骇然失笑，劝她千万不要这样想，但就算磨破嘴皮，阿香还是忧心忡忡。阿宝哭笑不得，也感到挺忧虑，有一次朋友聚会，她就跟朋友阿玲说起了阿香的事情，苦笑着说她真是太多心了。

“哼，”阿玲听了后冷笑一声，“她会这样想，其实一点儿都不奇怪，因为她自己喜欢说别人闲话……你恐怕不知道吧，之前张婶的女儿离婚，她笑人家‘没魅力，看不住老公’；对面街上的兰兰被男友甩了，她背后笑人家‘一个男友都看不住，以后就算再找新男友，照样是个被甩货’；跟我们大学同班的梅梅比她漂亮，上学的时候学习比她好，她一直很嫉妒，后来听说梅梅大学毕业后就走了背运，没有找到好的工作，也没有找到合适的男友，她就抖擞精神，内心窃喜。其实她担心别人说的话，都是她之前说别人的话。因为她之前好说别人，现在才担心别人说她。”

阿宝没想到还有如此内幕，一时间张口结舌。阿玲看着她，叹了口气：“而你之所以觉得没人会说她，那是因为你以君子之心度了小人之腹。你从来不说别人，所以才会认为别人也不会说三道四。”

关注的人

有个IT男，有个不可告人的爱好，就是喜欢偷窥别人的隐私，经常黑进别人的电脑，查看别人的个人网络世界。还好他只是偷偷看看，并没有凭此做犯法的事情，也没有散布别人的隐私。

有一天，他黑进了一个女同事的电脑，发现这个女同事特别喜欢阅览一个女孩的博客、微博和QQ空间，一天几乎要访问十几次，看女孩的实名认证信息——这个女孩是本市的一个小有名气的出镜记者。IT男以为女同事是女记者的粉丝，但翻阅女记者博客的旧照片，发现有女同事和女记者以及其他几个女孩在大学寝室里的合影。如此看来，女同事和女记者曾是大学室友。而女同事现在还这么关注女记者，在大学时一定和她关系很好，现在也应该是好朋友。

有一天，这个IT男因为偶然的机会，遇到了那个女记者。在和她谈话的时候，他无意中提到了他的女同事。因为已经认定了女同事是女记者的好朋友，他提起女同事的时候，就说的是“你的好朋友某某某”。没想到女记者听了之后颇为诧异，犹豫了一会儿试探着问：“她说我是她的好朋友吗？”

“不是吗？”IT男有些迷惑，赶紧顺口编了一句，“她经常夸你啊。”

“夸我？”女记者露出不敢置信的神情，之后苦笑着说，“那我还真是想不到……老实说，我和她是大学室友，她比较自我，经常惹其他室友不开心，我就率领大家和她对着干，她应该最恨我了……大学毕业时在寝室里的合影，都是勉勉强强的……现在她夸我？是进社会之后心境改变了吗？”

IT男哭笑不得，忽然想起女同事虽然频繁造访女记者的网页，却总是匿名造访，也没跟女记者有过任何交流，也没有留过言。他当时忽略了这个，现在却发现这个忽略不得——因为和女记者关系不好，所以才不能和她交流和留言啊！那她天天关注女记者的信息，是“天天盯着仇人”的意思？

当一个人非常关注某个人的时候，这个人不一定就是他的挚友，也可能是他的仇人，而人对仇人的关注度往往更高。

战胜恐惧

从前，有一个叫志虎的男子，教育自己的儿子时十分严厉。有一天，他发现儿子不敢去地下室，他问儿子怎么了，儿子说地下室里有妖怪。志虎对儿子的说法嗤之以鼻，在他看来，儿子是怕黑——因为不敢去黑的地方，就说黑暗的地方有妖怪，这是儿童惯用的伎俩。于是他就对儿子说，人不应该怕黑，而且地下室里绝对不可能有妖怪。儿子回答说他不怕黑，但是地下室里绝对有妖怪。

志虎生气了，认为儿子胆怯还说谎，就把儿子锁进了地下室里——想用激进的方式让儿子不再害怕黑暗。儿子被锁进地下室后哭叫不止，还用力打门，志虎则站在门口一声不吭——在他看来，只要儿子发现黑暗其实也没什么的时候，他就不会再乱喊乱叫了。过了一会儿，儿子果然不喊了。志虎便笑着招呼儿子，说这下你发现黑暗里没有妖怪了吧，却不管怎么喊都没人应声。

志虎害怕了，赶紧打开地下室的门，结果发现儿子正在靠近门的地方直挺挺地躺着，脚上缠着一条很粗的蛇，见有人来就“哧溜”一下游走了。

志虎吓坏了，赶紧抱起儿子，还好儿子只是被吓晕了。他说地下室有妖怪，其实是看到地下室里有条很粗的蛇。后来他找人抓到了那条蛇，发现它是杂耍团喂来表演、已经拔去了毒牙的蛇，因为志虎的地下室有个不小的缝隙，便钻了进来。

当一个人怀着别人看起来匪夷所思的恐惧的时候，先别忙着嘲笑他，因为也许他的恐惧是真实的，只是你不知内情而已。

坚　强

阿灵是个脆弱的女孩，遇到一丁点儿挫折就会抑郁好久。父母觉得她这样不行，想教会她坚强。然而据懂得青少年教育的人说，要想孩子坚强，光对她说是没有用的，最好能给她一个近在身边的榜样，让她自己观察，自己学习。

父母仔细想了想，觉得亲戚家的阿金是个非常坚强的女孩，便借口让阿灵过一个“亲近大自然”的暑假，把阿灵送到了阿金家的农场。阿灵对父母的意图心知肚明，但由于她自己也想变得坚强，于是就仔仔细细地观察阿金，想看看“坚强因子”到底是什么样的，能不能把它转移到自己身上。

阿金看起来和她没有什么大的区别，只是开朗和活泼一点儿，并且敢于尝试。阿灵到来不久，镇子上便举办了一个居民绘画评选活动，被评上的画作可以在镇上举办的画展中展出。阿金也很喜欢绘画，便拿着自己喜欢的画作，兴冲冲地去了。然而不知是评委对艺术的理解和她不同，还是阿金的画虽然美观但是丝毫没有艺术性，阿金的画作连初选都没进去。在阿灵看来，阿金既然坚强，应该对这件事完全不会放在心上。然而阿金却非常郁闷，回来后都没跟人说话，吃完晚饭就回房间去

了。阿灵悄悄地到阿金的房间去看她，发现她一动不动地朝里躺着，把耳机塞在耳朵里听音乐。

阿灵苦笑了一下，悄悄地退了出来。看来阿金遇到挫折后也会很伤心，她应该不像大家认为的那样坚强，估计她这份抑郁的情绪还会持续一段时间。然而第二天早上，阿灵赫然发现阿金和往常一样活泼和阳光，昨天的事情就好像没发生一样——她现在对自己画作落选的事丝毫不再在意，等到画展开幕的时候，还高高兴兴地去看了画展。

阿灵这才明白，真正的坚强，不是完全不会受伤，而是受了伤之后可以快速地恢复。

颓废的青年

阿智上学的时候成绩很好，先是以优异的成绩考进了大学，又以优异的成绩毕了业。他本来以为可以凭自己优异的学业找到优异的工作，结果却遭遇了惨痛的失败——在他毕业的那一年，因为他所学的专业人才供过于求，每家公司对这种人才的需求都趋于饱和，因此不管他的学业多么优异，都丝毫派不上用场。

阿智对此非常郁闷，从此之后就宅在家里，每天除了吃饭睡觉，就是打游戏。父母觉得他这样不行，叫他生活规律起来，每天也出去跑跑跳跳，顺便温温书——那些知识绝对还用得上，说不定哪天他这个专业又缺人了呢。但不管他们怎么说，他都不听，找别人跟他说，也没用。他每天颓废地宅在家里，连话都少说，按照父母的话说，都颓废成一摊泥了。他们对阿智非常失望和担心，每天长吁短叹，愁眉不展。

有一天，阿智的朋友来看阿智。老实说，阿智的父母对阿智的朋友啊、同学啊都不甚放心，他们谈话的时候他们有时会偷听——在他们看来，阿智现在已经非常脆弱，再被什么坏朋友逗引坏了，那就完蛋了。他们听到阿智的朋友对阿智说，现在就业形势就那样，找到好工作真的很难。他现在在家闲着也是闲着，不如试试开个代销网店，比光打游戏强。阿智的父母听着也觉得这是个办法，但是依然不以为然——阿智现在这个样子，叫他振作估计比登天都困难，估计对这个建议他也会一个耳朵进一个耳朵出了。

然而令他们讶异的是，阿智第二天就振奋精神，开始搞网店，很快就搞得热火朝天。不管怎么说，他还是有点才干的，网店很快便红火了起来。虽然不能以此发财，但起码让阿智有了份稳定的收入。因为这个，阿智重新变得意气风发，生活也规律了起来。

有时候，一些看起来颓废得无药可救的人，往往只需要一个生活目标，只要他找到这个生活目标，很快就能振作起来。

累　了

安德森是个很成功的银行家，对工作十分热爱，工作起来十分勤奋，在业内也算是打遍天下无敌手。然而就是这么一个人，有一天却对工作再也没兴趣了。此时他的事业依然如日中天，别人实在看不出他有什么退缩的理由。别人问他怎么回事，他说他也不知道，只是觉得工作索然无味，以后即便工作做得再好，也是毫无意义。他有这种感觉已经很长时间了，但一直都是用工作逃避这个感觉，但是没想到越用工作逃避，这种感觉越强烈，到今天为止，他已经觉得自己再也无法坚持下去了。

工作伙伴们没有办法，只有让他暂时休息。安德森把自己的事业交给副手代管，自己则去了一个小岛上休养。老实说安德森的副手一直想在工作中实践自己的创意，但是因为头上一直有安德森压着，所以无法大展拳脚。现在有了机会，他很想试一试自己的创意，但是出于求稳的心态，他没有急着实行自己的计划，准备先稳定经营一段时间再做打算。然而在等他觉得可以实行自己的计划的时候，安德森竟然又回来了，回来后就热火朝天地投入了工作，状态和他心态出问题之前一样好。

副手对此迷惑不解，甚至怀疑安德森是不是故意设一个局，测试他是否稳健、忠心，他由此感到颇为不可接受——老实说，他对安德森可是一直忠心耿耿，就算是想实践自己的创意，心里想的也是为公司好。如果安德森怀疑他，测试他，实在是太过分了。

虽然心里窝火，他也不能直接质问安德森，便找了个合适的机会，婉转地问安德森这些天的经历。安德森红光满面地说，其实他之前是错估了自己的问题，认为自己的问题很严重。他之前觉得工作索然无味，前景黯淡无光，其实只是累了。后来拿工作逃避问题，让自己更累。当他疲劳到一个临界点上的时候，就觉得一切都没有意义了。后来到岛上休息了一段时间，精力回来了，雄心也回来了，对工作的热爱自然也回来了，所以就回来了。

当一个人忽然对生活和工作都没兴趣的时候，未必是真的彻底对它们没有兴趣，也许他只是累了，让他好好地休息一下，他就能回转过来。

面　子

阿徐婆是个心眼儿还不错的老太太，为人还算友善，唯一的毛病就是爱面子。她家里不算富裕，但是她都会挤出钱来，把自己和家人打扮得体体面面，为的就是不让别人看轻她们家。

有一天，她去参加老姐妹的聚会，结果被一个老姐妹刺激到了。她说这几年她的儿子发了财，给她孝敬了很多钱财，一边说一边佯作无意，捋起袖子，给大家看她手腕上亮晃晃的手镯、手指上黄灿灿的戒指，然后故意侧过脸去跟人说话，让别人看到她大大的金耳环。老姐妹们都是一脸艳羡，阿徐婆却觉得被伤害了——她觉得这位老姐妹像是在嘲笑她，也像是在嘲笑她的儿子无能，觉得就像被人打到脸上一样，火辣辣的难受。回到家里之后，为了不让自己和家里人被人看不起，她把私房钱拿出来，给儿子、媳妇、孙子和自己都买了新衣服，还给自己买了好多镀金的首饰。这些首饰也是亮晃晃的，戴在身上远远地看，别人也分不出真假。阿徐婆穿着新衣服，戴着这些首饰，在街上招摇过市。别人不知真相，以为她家发了什么横财，对她十分艳羡。阿徐婆看着别人艳羡的目光，心里十分

满足，感觉就像自己真变富了一样。

然而令人意想不到的是，有个歹徒看到阿徐婆的行头，以为她家一定很有钱，便绑架了她的孙子，索要巨额赎金。阿徐婆哪里有钱，急得犯晕，还好他儿子及时报了警，警察把她孙子给救了出来——孩子虽然安然无恙，但是受到了很大惊吓，心理也受到了伤害，估计得很长时间才能恢复。阿徐婆对此很是愧疚伤心。

痛定思痛，阿徐婆觉得都是自己爱面子惹的祸，立即把那些假首饰扔得远远的，再也不打肿脸充胖子了，看到别人炫耀财富，也可以目不斜视了。

热心人

刘大妈是个特别热心的人，具体表现就是特别喜欢管别人家的事情。谁家有困难，她会第一个出现，至少提供口头上的帮助。谁家有难题，她也第一个出现出谋划策。按理说，这种人应该很受欢迎，但实际上大家都不怎么喜欢她。原因很简单，很多时候，人们并不希望自家的倒霉事被别人知道，更不希望别人插手管自家的事情。很多时候，刘大妈其实是在多管闲事，而且她管闲事的能力实在不怎么样，往往对人家其实毫无帮助，有时候更是在添乱。

鉴于她此等行为，街坊忍不住对她嘀嘀咕咕。大家都觉得她肯定是太闲了，才会管别人家的事情——估计她家是各方面都顺心，她没处操心，才会操别人的心。大家这么一想，不禁觉得刘大妈更讨人厌了。

有一天，刘大妈的表姐李大婶来这边玩儿。几个街坊和她聊天，不由自主地谈起了刘大妈的事情，一个街坊对她说起了他们对刘大妈的看法。李大婶听了后冷冷一笑："老实说，我家的事情她也管……不过她这么喜欢管闲事，并不是因为她家里事事都顺心。她家里的事糟心透了，她老伴儿上班的时候不知进取，退休后就那么一点儿退休金，导致她过得拮据。她和她老伴儿抱怨，老伴儿嫌她烦，两个人早就不说话了。当初她逼她女儿早结婚，结果她女儿在择偶上出现差池，婚后过得不好，把责任归结到她的身上，和她的关系也很僵，见面都很少，一见面就吵。”

街坊们听了之后面面相觑，苦笑着问：“那她自己家里的事情一团乱，怎么还有心思管别人家里的事情呢？”

“这个你们就不明白了。”李大婶冷冷一笑，“正是因为她家里事情一团乱，她才要管你们家的事情啊。管了你们家里的事情，她就没空想自己家的事情了！这对她来说是个逃避现实的好办法啊！”

勇　气

从前有个人叫张希大的人，天生胆小。他害怕的东西有很多，尤其害怕坟地，每次远远地看到坟地，心里都会涌起凉气，然后远远地绕开走。

别人跟他说这不行，坟地虽然不是吉祥之地，他也不至于怕成那样。堂堂的七尺男儿，这么害怕坟地，实在有些羞耻，于是就撺掇他“想办法战胜恐惧”。于是，有一天，几个朋友帮助他练胆，簇拥着他往坟地走过去。然而一看见坟地，张希大就觉得心头“哧哧”地直冒凉气，等走到坟地旁边的时候，他早已经脚酸腿软，走都走不动了。

见他如此，朋友们哭笑不得，只好作罢。张希大也以“人活在世，总得有几个东西恐惧”来安慰自己，渐渐地就把练胆的事情忘了。过了一阵子，他终于攒够了娶媳妇的钱。按照这里的规矩，给媳妇下礼必须备上一套首饰，他便用自己积攒的钱的一大部分打了首饰，兴高采烈地往未来岳父家走。

然而他正走着，忽然有个人跳了出来，一把抢走他装首饰的布包，然后撒腿就跑，张希大赶紧去追。这个人是这附近的惯偷，知道张希大怕坟地，便一个劲儿地往坟地跑。而张希大

心里只惦记着自己那花大钱买来的首饰，一个劲儿地只顾追。贼见张希大一反常态，很是惊诧，脚下不由自主地放慢了速度。张希大几步撵上去，把布包抢了回来。

贼只好落荒而逃。张希大高高兴兴地往回走，走出坟地的时候才猛然发现自己刚才竟然在自己最害怕的地方走了一遭——刚才只顾着追贼，根本无暇顾及其他，现在东西已经抢了回来，心情放松，回首再看坟地，心里竟然又有了丝丝凉意。

对一些人来说，某些恐惧只会在心情放松的时候袭来。当他专注于某件事的时候，即便是他平日最害怕的东西来了，他也会视若无睹。

放　松

小米是女学生，最显著的特征就是“闲不下来”，这倒不是说她一天到晚都是在学习，而是在她闲暇的时候精神上总是不放松，比如说在大家一起吃饭的时候谈起考试的事情，在大家一起出游的时候谈起论文的事情，在放假后和大家见面又会谈下个学期学习的事情……

她这样让其他人精神上也不得休息，大家不堪其扰，都劝她必须适度放松自己的精神，连闲暇时精神也不放松，绝对会对身心有不利的影响。

面对大家的劝说，小米只是苦笑，说她就是这样，即便是闲暇的时候，学习的事情依然会涌上心头。她的大脑就是这样，她对此也很苦恼，但是没有办法改变。面对她这种说法，大家哭笑不得，只有随她去了。

过了一段时间，有一门特别难的课要考试。小米和这门课似乎犯冲，上课的时候就感到很吃力，现在要考试了，看着满桌的讲义头就犯晕。然而即便很困难，她也必须要考及格。于是，小米进入了异常辛苦的复习大作战，累得要死要活，去考试的时候双腿都在打战。考完试后她回家倒头就睡，之后的假期时间也是一个劲儿地玩儿，整整一个假期提都不提学习的事情。到这里大家才明白，她所谓的“不能放松”，其实是“没有累够”。

痴　恋

从前，山村里有个姑娘叫田螺，家里十分贫苦，又不被后娘善待。她天天穿着后娘穿旧不要的、上面缀满补丁的旧衣服，用荆条削成的发簪束发，赤着一双脚，脸上带着泥污，在田野里乱跑，不仅要下地干活，回家还要照顾弟弟，操持家务。她家大部分的时间里只能吃窝窝头和腌辣椒，她吃的还是最差的那一份。

在这种生活的折磨下，田螺面黄肌瘦，形容枯槁，让每个看到她的人都会从心里感叹，这姑娘能活着真不容易。然而就是这样的一个姑娘，竟然痴恋城里出了名的美男子雪云君。

这位雪云君是太守的儿子，全城有名的才子，全国有名的美男子。全城的女子，不论老少几乎都是雪云君的崇拜者。因为他尚未婚配，未婚女子都想着嫁给他——按理说，田螺幻想和他相恋也是情有可原，即便她家穷貌丑，也应该有幻想的权利。但是问题就在于，她那可不是普通的幻想，而是幻想成狂——她认为自己和雪云君注定会在一起，在心里早已把雪云君当成了自己的丈夫，认为自己只要有机会让雪云君注意到，他就会立即娶她为妻，甚至谋划着哪天从家里逃出去，到雪云君府上去当侍女。她的朋友知道她的这个心思之后，觉得她“实在是疯得厉害”，不止一次地婉言相劝，想让她明白她这种幻想是不可能实现的。然而不管别人怎么劝她，她都是置若罔闻。朋友见她醒不了，也只好作罢，每天提心吊胆的，害怕她真搞出什么事情来。

不久之后，田螺的命运忽然发生了转变。首先，后母和弟弟忽然染病，都死了。她爹也染了病，虽然治好了，但是没了生育能力，于是田螺就成了家里唯一的血脉。因为她爹失去了生育能力，也不思谋再娶妻生子，便打算招个女婿来家，给他养老送终。于是田螺一下从“多余的丫头片子”成了家族延续的重要角色，在家里的地位陡然提升了。之后田螺她爹又在修缮祖屋的时候发现了先人埋下的一大坛金元宝——因为先人藏得太深，他现在才发现，就此发迹，过上了富家翁的日子。田螺也就此升格为千金小姐，穿的锦，戴的金，还有个丫头服侍她。因为生活得好了，她变得白胖了——当然，只是和以前比，和其他人比起来，只算是体态适中，面孔也舒展开了，让人发现她其实长得还是挺不错的。

朋友很为她感到高兴，但也有点为她担心——现在她可算是有点追求雪云君的资本了，但是在明眼人看来，这点资本远远不够。如果她去追求雪云君，十有八九不能如愿，说不定还会变成全城的笑话。然而令她诧异的是，田螺生活变好后对雪云君的痴恋居然淡了，过了一段时间后就再也不提雪云君的事情，再过一段时间，竟然任由她爹给她招了个女婿，一心一意地过起日子来。

这下她的朋友完全看不懂了，忍不住找了个机会，委婉地问她这是怎么回事。田螺听后只是苦笑，半晌后才说，其实，现在回想起来，她也觉得自己当时的心态不可理喻。说来也奇怪，她当时就跟疯了一样，就是觉得自己和雪云君必然在一起。然而等到她生活好了，这种妄想立即淡了，之后更是很快烟消云散，她也不知道自己当初怎么会那么痴迷。不过，话说回来，如果没有那些妄想，她恐怕没法撑过那些苦难的日子。

当一个人死抱着不可能实现的妄想不放的时候，可能只是想借此逃避现实，等到他的状况转好的时候，这种妄想也自然会烟消云散。

傻　子

从前有个村庄，村里没有水井。村里的人都要到离村很远的一处山泉里打水，大家感到很累很麻烦。不久之后，村里人自己勘测土地，在村外不远处打了一口井。井水很是清澈，味道还甜丝丝的。村里人非常喜欢这口井，都在这口井里打水吃——除了一个人。

这个人名叫二柱，平常就有些怪怪的，不喜欢跟人说话，只喜欢盯着草木鱼虫看，有时候还把泥巴和树木带回家里，掰开弄碎了使劲看，也不知道看些什么，因此大家都怀疑他是个傻子。就在大家欢天喜地品尝新井里水的时候，唯有他尝了一口井水后就说这水可能不太好，问他怎么不好，他说“味道不对”。当时大家都觉得他无理取闹——这水甜丝丝的分明很好，全村人都没尝出有什么问题，就他尝出什么问题了？而二柱不仅对井水提出质疑，还依旧绕远路到山里的山泉去打水。村里人觉得他的行为匪夷所思——以前他们怀疑他是傻子，现在觉得他的确就是傻子，因此之后都不再喊他二柱，只喊他二傻子。二柱对村民这样喊他很不满，但每天还是我行我素，走远路去打水。

一段时间之后，村里忽然有几个小孩得病了。村民觉得小孩子得病很正常，没啥大惊小怪，但过了一段时间后，全村大小都得病了，只有二柱没得病。这时候老村长意识到了问题的严重性——其他村民和二柱的唯一区别就是二柱不喝新井里的水。现在大家都病了就他没病，可能这井里的水真有问题。于是他们赶紧去城里请地质学家来勘测，原来这口井下的含水层早被化工厂污染了，那股甜味其实是化学品的味道。二柱对水土植物比较敏感，隐隐发现这水不对劲，但是又说不清楚个所以然——估计就算他说出个所以然也没人信他，只有独善其身。

当很多人都在笑一个人傻的时候，千万别轻易跟着笑，因为他很可能是这群人当中唯一的聪明人。

评论家

从前有一个非常出名的评论家，他在一个报纸上开专栏，专门批评各类名人。他的言论十分辛辣，对人的评论往往过激，有时会将人的缺点无限放大，极尽讽刺挖苦之能事，有时候甚至就在谩骂和侮辱的边缘。有些人告诫他不要太偏激，他对此不以为然，并说这就是批评的精神，而且大家都喜欢，这就证明他没什么不对的。的确有很多人支持他，他们等着看他的专栏，看他又批人批出了什么新的花样，和他一起挖苦讽刺甚至侮辱那些被他批判的人。有人甚至向他学习如何损人，并用在现实生活中。

评论家最喜欢批判的，是一位作家。这位作家一直勤恳地写作，拥有众多的粉丝，正因为如此被评论家盯上了——按照这位评论家的逻辑，那就是越是红人就越要被批判，越是权威就越要被嘲弄。于是，他有事没事就会拿这位作家开涮，每当他推出新作的时候，更是不遗余力地批判他的作品和揶揄他本人——俗话说人无完人，也没有东西是十全十美的，评论家在一般情况下都能找到一些缺点，不过大多是微不足道的。他就把这些微不足道的缺点无限放大，用他那“生花妙笔”和“如簧巧舌”，把它们说成了无法弥补的巨大缺陷，甚至会让不了解这位作家和他作品的人觉得他和他的作品就是一文不值，甚至根本没有存在的必要。

还好这位作家有很多懂行的粉丝，他们坚定地支持着作家和他的作品，对那些言过其实的批评不屑一顾。而那位作家也只是埋头创作，根本不理睬那位评论家。那位评论家自以为自己压过了那位作家，在那里沾沾自喜。有一天，那位作家生病了，病得越来越重。他的粉丝们对他的健康状况非常关切，自发地在网络上为他祈福。即便如此，这位作家还是死去了。很多人自发地为他送葬，把道路都要塞满了，他们说作家的作品给他们带来了精神上的愉悦和思想上的启迪。

评论家看了后，心里受到触动：不知道他生病的时候，会不会有这么多人关心他；如果他死了，会不会有这么多人怀念他。老实说，他认为这是没有问题的，因为也有很多的人支持他。说来也巧，没过多久，他真的生病了，病得也不轻。一开始他的粉丝们反应也挺大，主要是因为他的专栏暂停了，但很快就没有什么人关注他了，更别提为他祈福。评论家这一病就病了将近一年，在这一年里，他就像个普通人，除了他的亲朋好友们，没人关心他的病是好是坏，甚至都没人关心他是死是活。评论家病好之后回归评论界，却发现自己的位置早已被其他人取代。之前拥护他的那些人，正簇拥着其他评论家。

评论家十分愤懑和迷茫，但愤懑和迷茫之后便明白了。这些人，归根结底只是想看人批判别人而已，是谁批判的根本不重要。他只算个帮他们进行情绪宣泄的工具，工具不是不可更换的，所以很容易被人忘却。

推　荐

小毛因为机缘巧合，搬到了一位大作家隔壁，因此和大作家交上了朋友，偶尔也可以参加他家的文化小聚会。这位大作家的朋友个个也都是文化界的巨匠，小毛坐在他们中间，颇有些受宠若惊。

这些文化界的巨匠聚会的时候自然要谈些文艺的事情，有时候也喜欢论书推书——他们的阅读品味很是不同凡响，谈论和推荐的要么是世界名著，要么就是国外新锐作家写的小说。小毛的阅读品位在他们的影响下迅速提高。

不久之后，小毛看到了一本国内作家的书，他觉得很不错，不比大文豪们推崇的国外小说差，便大着胆子，去向这几位文豪推荐。这几位文豪对他的态度很好，对这本书却批判得不轻——简而言之，就是一无是处，完全没有读的必要。小毛没想到会是这么个结果，像个做错了事的小孩一样惶恐，并对自己的品位产生了深深的怀疑，一时间再也不敢轻易认为哪本书好了。

然而过了一段时间，那位国内作家受到了广泛关注，开始走红，媒体和读者都对他做出了很高的评价，评价甚至超过了那几位大文豪。小毛这下又迷糊了：看来这位作家的书真的是好书啊，可那几位大文豪怎么不识货啊？那几位大文豪依然按照老规矩聚会，也依然邀请小毛参加，聚会的时候却绝口不提那位国内作家，就像他根本不存在一样，当然他们还照常论书和推书。

小毛又参加了几次聚会，忽然明白了：他们给予好评的和推荐的，原来都是国外作家的书啊！都是暂时不会和他们成为竞争者的人的书！

某些人永远不会给自己的竞争者好评。

小小的腐败

从前有位国王，治理国家漫不经心。有天，宰相向他禀报，说朝廷里出现了腐败的现象，需要治理，他依旧漫不经心。宰相知道腐败对一个国家的腐蚀有多么厉害，但又不能把自己的想法硬灌到国王的脑袋里去。没有办法，他只有求助于王后，希望王后能够劝劝国王。

王后貌美如花，又十分聪慧，国王十分宠爱她。但即使如此，国王面对她的劝谏，依旧不以为然。王后也没有着急，只是淡淡一笑，叫国王跟她做个游戏，等游戏做完了，他就知道到底要不要治理腐败了。

国王不喜欢听废话，但是游戏非常乐意做，便问王后要做什么游戏。王后从花园的鸡舍里拿出了一篮子鸡蛋，又叫国王从城外随便选一个贫民，把鸡蛋赐给他，三天后再叫他把鸡蛋拿进宫来。国王觉得这个游戏毫无意义，但正因为如此反而更加好奇，便答应了王后的要求。

三天后，他按照约定，叫那个被他胡乱选中的贫民带着鸡蛋过来。那个贫民脸颊凹陷，一脸丧气，畏畏缩缩地拿着那个篮子。国王朝篮子里随意一瞥，微微地吃了一惊：那个篮子里，只有小半篮鸡蛋！

“怎么了，你吃鸡蛋了吗？”他问那个贫民。

“不，陛下，”贫民的声音很小很弱，但听起来不像是在说谎，“这是您赐予的鸡蛋，我舍不得吃，也不敢吃……您赐给我多少鸡蛋，我今天就带来了多少鸡蛋，一个都没敢动。”

什么？！国王的眼睛瞪圆了：自己赐给他的，明明是一整篮子鸡蛋啊！接着勃然大怒：谁敢在他眼皮底下动手脚？立即命人彻查。既然国王命令彻查，就什么都能查清楚了。原来，昨天王后先是把鸡蛋交给了一个宦官，叫他交给都城的小吏。宦官拿到鸡蛋后就偷拿了一个，准备留到晚上煮来吃——在他看来，有整整一篮子鸡蛋呢，他偷拿一个也不会有人发现。等小吏拿到鸡蛋的时候，自己也偷拿了一两个，也是觉得自己偷拿一点儿不会被人发现，另外也觉得既然东西到了他的手里，不占点便宜天理难容。之后小吏把鸡蛋交给了管理那个区域的农官，农官又把鸡蛋交给了村长，村长又交给了保长，这些人都偷拿了几个鸡蛋，想法也和前人差不多，于是当鸡蛋到贫民手里的时候，就只剩下小半篮子了。

这下不需要任何人多说，国王都知道治理腐败的必要性和紧迫性了——即便每人只是小贪一点儿，经过层层盘剥也会是个很大的数目。如果任由这些贪官污吏们贪污，国家的钱财估计还没用到实处就被他们瓜分干净了。

人不可貌相

从前，有一个书生叫志清，从小就立志当一个好官，明断是非，为民做主。他经过十年苦读，终于考中了进士，成了一名县令。他刚刚上任不久，县里就发生了一个案子。

县里有个富户名叫张甲，于一个月黑风高之夜，被人越墙入室，从家里盗走了财物。有位长工出现阻拦，结果还被用刀捅伤。其他人大喊捉贼，把周围邻居全都喊了起来，在离他家不远的地方抓住了两个人——因为大家群起抓贼的时候看到这两个人慌慌张张地逃跑，就把他们抓来了。

被抓到的两个人一个叫牛二，一个叫李四，都是住在附近的人，所以大家对他们的情况都很了解。牛二长得五大三粗、面貌凶狠，平时待人也不友善，时常吃酒赌博，有时候还好小偷小摸，因此没到送官的时候，围观的众人就觉得他肯定是罪犯。而李四是个精瘦汉子，平时沉默寡言，没和什么人有过纠纷，也没犯过什么罪，因此大家都觉得他不会是罪犯。之所以也要把他送官，是因为觉得既然已经把他抓到了，私自放走不好，送到县太爷那里，也是走个过场就了事。

志清升堂问案，问这两个人为何逃跑。两个人都回答说是忽然听到很多人大呼小叫，以为有什么歹事，怕惹上无妄之灾，所以才跑。志清听大家说起这两个人的生平，也觉得牛二就是罪犯，但是他怕判出冤假错案，于是就问老县丞，是不是也觉得牛二就是罪犯。老县丞却叫志清不要着急，人不可貌相，看起来很像凶犯的人未必是凶犯，牛二是否是罪犯，还需要进一步的查问。他的意见是，牛二未必是罪犯。原因很简单：如果暗夜行窃，牛二应该穿件深色衣服，而他只穿了一件土黄色的衣服，穿这种衣服很容易被发现。而牛二之前做过小偷小摸的事情，盗窃的常识应该都懂，不会犯这种低级的错误。

经老县丞这么一提醒，志清这才注意到牛二身上穿的那件土黄色衣服因为洗了很多次，颜色的确挺浅，的确不利于在黑夜里行动。而那个被称为老好人的李四，却穿了一件深褐色的衣服，在夜里行动的话，要是躲进某个黑影里，绝对很难被发现。注意到这一点后志清格外仔细地观察两个人，结果发现李四一直下意识地护着右手的袖子，心念一动，叫差役仔细看他的袖子，结果发现有斑斑点点的血迹，因为袖子颜色深，乍一看的话很难发现。

到此李四觉得自己很难再抵赖，只好坦白从宽，原来到张甲家行窃的人真是他。他因为做生意亏了本钱，难以筹借，才铤而走险。至于牛二，则完完全全是因为倒霉才被捎带上的。

别人眼中的风景

阿贵小时候很穷，他的家乡是个远近闻名的穷山村，而他家里又是村里最穷的。为了不在山里穷死，他努力走了出去，在大城市里打拼，多年之后终于拥有了公司，拥有了别墅。人在富足之后特别喜欢回忆自己穷苦时的时光。阿贵想起他和他家里人以前经常被人嘲笑，那些人嘲笑他的声音和嘴脸还清晰地印在他的脑海里，现在想起来很是愤慨。于是，他就打算把老家的人都接来，让他们看看自己今日的风光，好好地出一口恶气。

于是阿贵就租了几辆旅游大巴，把乡亲们都接来，将他们安顿在自己开的大酒楼里，招待他们吃大鱼大肉，并让他们参观自己的别墅。阿贵觉得乡亲们一定会啧啧称赞，对他艳羡不已，佩服得五体投地。事实上乡亲们也是如此表现的，但阿贵总觉得似乎少了点什么。等到把乡亲们送走后，他越想越觉得古怪，便找人打听，乡亲们回去后都说了点啥。

打听消息的人回来了，告诉阿贵乡亲们说的话，不由得让阿贵大跌眼镜。乡亲们对他给他们的各项待遇都做了评价：首先是对车，他们都说这个车还不错，坐着也挺舒服，但是就是和他们的想象有差距——他们还以为阿贵那么有钱，会请他们坐飞机；然后是那酒店，他们说这酒店装修考究，是高级地方，不过应该不是顶级的地方——前阵子听到南方打工的二狗子说，南方顶级酒店的洗手台都是鎏金的，阿贵的酒店就没有；然后是阿贵招待他们吃的饭，虽然都是大鱼大肉，但都不算什么山珍海味，至少他们都见过、听说过，他们当初还以为阿贵会拿什么盖世奇珍、人间美味来招待他们；最后是阿贵的房子，虽然也是金碧辉煌、装修考究，但离他们的想象还是有差距。总而言之，他们以前都以为阿贵已经富上天了，现在看来，也不过如此。

听了这个后，阿贵哭笑不得，接着也明白了一个道理，那就是一个人功成名就了，有时候根本没必要对人炫耀。因为光凭他们自己的想象，说不定已经把你想到天上去了，你要是向他们展露了你的真实情况，说不定他们还会因为和他们的想象不符，觉得你“不过如此”。

你不是最差的

从前有一个叫阿桂的女人，刚结婚一两年就死了丈夫，留下了一个刚满月的娃儿。阿桂受不了这个打击，一病不起，在病床上天天抹眼泪，病情日益加重，眼见着就要不行了。旁人知道她这是心病，不把心病医好，给她吃什么药都没用，于是都过来安慰她。首先，阿桂的婆婆来安慰她，说虽然阿桂没了丈夫，但他们老两口还在呢。她叫阿桂不要害怕，他们老两口就算砸碎骨头卖钱，也会让阿桂母子俩衣食无忧。

她这话说得非常恳切，旁人听了都觉得心里很热乎。然而阿桂听了后就宛如杯水进江，一点儿反应都没有，依旧在那里木木地抹眼泪。婆婆就这么败下阵来了。

接着邻居家的大伯过来安慰她，他说，阿桂你不要担心，不管怎么说，你丈夫家里还颇有财产，即便没有了丈夫，你依旧可以安安稳稳、清清闲闲地当你的少奶奶，生活依然是可以过得下去的。结果这句话依然无效，阿桂似乎根本没往脑子里去，于是邻居家大伯也败下阵来。

最后是阿桂家的三姑安慰她，她对阿桂说，不管怎么说，你丈夫已经走了，不管怎么痛苦，他也回不来，所以现在应该把注意力放在娃儿身上。如果她对娃儿不管不问，娃儿再有个三长两短，那不更糟糕？你的丈夫要是地下有知，也一定会责怪你。阿桂听了这话后，心头似有所动，但很快又和以前一样，呆呆地抹眼泪了。于是三姑也败了。

这下大家彻底没辙了，心想阿桂这下是完了，天天这样哭天抹泪，糟蹋自己，迟早会随了她丈夫而去。然而村里的一个老婆婆听到了消息，对此只是不以为然地一笑，然后到阿桂家劝阿桂。她对阿桂说，你这遭遇的确是很惨，但并不是最惨的。邻村有个阿旺嫂，本来和丈夫、一双儿女过得甜甜蜜蜜的，家里也颇有财产，没想到有一天家里忽然失火，把她丈夫和儿女都烧死了。她自己被烧坏了脸，身上也烧坏了不少处，为了治病救命，不得已把家里仅剩的那一点儿田产也卖了。现在她无依无靠，身无分文，既毁了容，也无法劳动，只有在十里八乡乞食和靠亲朋好友的接济度日。阿桂听了后，脸色竟然好看了一点儿，坐着想了一上午，接着竟然大口吃饭，状况很快便转好了。对于某些人来说，只要知道有人比自己更惨，心里就会舒服很多。

比上还是比下

有对夫妇教育儿子非常严格。有一天，他们的儿子考试得了八十分，他们嫌少，便批评儿子。哪知儿子委屈地一扁嘴，说他这个分数处于班里的中上等，还有几十个孩子比他差呢。这对夫妇听到了之后，忽然发现了儿子身上的大问题：儿子这次考得不算好，这还犹可，但要是凡事都和比他差的人比，却绝对是会影响他一生的大问题。他们要坚决纠正这个问题。

于是，之后儿子不管干什么，他们都叫他“往上看”。儿子考试考了九十分，就叫他和考九十分以上的人比。儿子跑步跑了全班第一，他们就叫他和跑年级第一的人比。一开始的时候收效还好，但后来他们渐渐发现儿子开始不对劲了。儿子本来是非常活泼的，对身边的事情都充满了兴趣，现在变得沉默寡言，郁郁寡欢，对什么事情都提不起精神，不仅对新鲜事物不再有兴趣，连本来喜欢的都没有兴趣了。他们对儿子的变化很是惊慌而又束手无策，问儿子怎么了，儿子却又说不出个所以然。

多亏有人提醒，叫他们带儿子去看心理医生。心理医生仔细询问了他们的儿子，对他们说，他们儿子会变成这样，纯粹是因为他们那个“只让比上”的教育方式闹的。“只让比上”看起来会让人保持谦虚，时刻充满动力，但同时也会让人充满压力和挫败感，因为人往上比，那是比不完的，总有比自己强的人，就算他们的儿子可以不断地超越身边的人，但是因为在他前面总是有更强的人，会让他永远没有成功的感觉，因此萌生一种没有尽头的挫败感。人如果心里满是挫败感的话，就会没有动力继续学习和生活，由此郁郁寡欢，对任何事情都提不起精神就不奇怪了。

第一个敌人

阿成是个老实巴交的生意人，开着一家面包店。有一天，一个眼珠乱转的女孩到他家买面包。她咬了一口面包，接着惊叫出来，从嘴里吐出一个螺丝钉，说阿成家里的面包里有螺丝钉，把她划伤了。阿成一眼就看出这个女孩是自己把螺丝钉含在嘴里，故意来敲诈的。

阿成的店员们都很愤怒，认为阿成应该把这个女孩扭送到派出所。阿成觉得如果把她扭送到派出所，警察肯定要调查处理，至少会扰乱白天的生意，而且虽然他们都知道是女孩自己把螺丝钉含在嘴里的，但是没有具体的证据，如果女孩死不承认，再嚷骂乱讹的话，说不定会节外生枝，就随便给了女孩几个钱，把女孩打发走了。

这个女孩没有再出现，阿成以为这件事彻底了结了。但奇怪的是，就在这件事之后，到阿成店里找麻烦的人增多了：有些人说阿成店里的面包很难吃，要把吃了几口的面包退回来；有些人说阿成的面包不干净，小孩吃了拉肚子什么的，要阿成赔钱；到阿成店里偷面包的人也增多了，最可气的是有人在本城的餐饮业评价网上给阿成乱打差评。

阿成气坏了，同时也摸不着头脑：这些事都是在那个女孩敲诈之后发生的，但和那个女孩的事情应该没有关联——那个女孩已经拿到钱了，没有必要再找人难为他。再说现在那些难为他的人当中，有些人是他认识的，他知道他们绝对不会跟那个女孩沆瀣一气。可是如果是这样，现在那些闹心的事该怎么解释呢？

阿成非常想不通，心里郁闷。有一天，他待在家里生闷气，看到儿子的幼儿图书放在桌子上，便随便翻来看，看着看着困了，便倚靠在椅子上假寐。他迷迷糊糊中想到从书里看到的一个说法，那就是屋里如果出现了几只蟑螂，那说明隐藏在屋子暗处的蟑螂已经很多了，又想到了一些俗语："枪打出头鸟""墙倒众人推，破鼓万人捶"……

阿成猛地睁开眼睛。他忽然明白了，人的敌人，其实就像蟑螂一样。当一个敌人出现在你面前的时候，潜藏在暗处，准备对你不利的敌人其实已经很多了。当第一个敌人出现，对你不利的时候，你必须要"枪打出头鸟"，不仅是要回击这个敌人，还要给其他潜伏的敌人以震慑，否则他们就会一个个地拥出来难为你，就像"墙倒众人推，破鼓万人捶"一样。当那个女孩来敲诈他的时候，他不应该息事宁人的，那等于是号召他的敌人们都来难为他。

丢人的事情

从前，有个叫阿斌的小孩，有些腼腆。有一天，上课的时候觉得肚子痛，因为觉得举手对老师说要上厕所有些丢人，便抱着侥幸心理忍痛，心想忍一会儿也许就好了，没想到因此拉了一裤子，弄得十分狼狈。

小孩子们历来喜欢嘲笑别人和起哄，阿斌在众目睽睽之下做出了如此尴尬的事情，立即成了全班人的笑柄。同学们不是有意无意地看着他笑，就是在和他说话的时候故意提起那件事。对此阿斌尴尬得要命，每当别人看着他笑的时候脸都红得像番茄，听别人讲起这事的时候都恨不得钻进地缝里。说的人越来越多，阿斌受不了了，干脆躲在房间里，不想再上学了。

阿斌的妈妈知道了这件事，并没有用呵斥或者强制的手段逼阿斌去上学，而是走到阿斌的身边，跟他交谈，说这件事是有些尴尬，但其实也没什么，又不是做了什么见不得人的坏事。阿斌说这个道理他也知道，但是同学们就是喜欢取笑他，一被同学取笑，他就受不了。妈妈皱紧眉头想了一想，然后对他说，她有个办法让那些人再也不取笑他。这个方法很简单，就是阿斌照样去上学，不管遇到谁取笑他，不管被怎么取笑，都当作什么事都没发生一样，千万不要有任何反应。

阿斌听了后将信将疑，老实说，他觉得妈妈只是想诳他上学去。妈妈坚持说自己不是那个意思，并且和阿斌打赌，如果这个方法不灵，她就带阿斌去买贵的玩具。阿斌这才愿意去上学，到了学校后就按照妈妈所说的，把自己的脸绷成铜墙铁壁，不管别人怎么说，他都像没事人儿一样——就像那事情是在别人身上发生的一样。

见阿斌这个样子，同学们很惊诧，也都不好再说什么，过了一天之后彻底没人取笑他了。阿斌很是惊喜，也因此明白了一个道理，别人会不会笑你，其实和你有关系。如果你一被取笑就情绪波动，不管是生气还是尴尬羞愧，都会让别人更想取笑你。如果你面对他们的取笑完全无动于衷，他们就会没什么兴趣、没什么动力取笑你了，之后冷静下来想一想，反而可能觉得自己很丢人。

卖东西

阿胜开了个银匠铺，专门打首饰卖。他手艺精湛，做生意也公道，唯一的问题，就是有些性急。最让他受不了的，就是有些买饰品的人对着一个饰品看半天，之后再砍价，砍了价后还是下不了决心买，就这样缠磨好久。当然了，如果缠磨了好久，下决心买了，这也罢了，他最恨的就是那种缠磨了半天，依旧不买，再到别处逛一圈儿，回来后继续缠磨的买主。他觉得每次面对这些买主，嗓子眼儿都要冒烟了。然而令人郁闷的是，因为买首饰的基本上都是女人家，女人家很多性格不爽利的，像这样缠磨的买主不在少数。因此阿胜每天上火，积聚了不少情绪。

阿胜的邻居名叫英二，听了阿胜的遭遇后只是扑哧一笑，说他有办法让这些缠磨的买主尽快买，说不定还能给阿胜添点生意。如果成功，阿胜只要给他一支小银花给他老婆戴就行。

英二叫自己的两个女儿打扮一新，在附近找个能看到阿胜银匠铺的地方搬个板凳坐着。一看到有缠磨的买主出现的时候，一个女儿便过来，假装要买缠磨的买主看中的首饰。缠磨的买主一看有其他人要买，大多会急着买下首饰，并且不再乱还价。如果遇上那种见有人争买依然缠磨不清的买主，英二的另一个女儿就会过来，假装不认识自己的姐妹，并假装跟姐妹和那个买主争买。这种买主看到又有一人过来争买，十有八九都会加紧购买。而旁人看到阿胜的银匠铺前围上了人，都会围过来看，也有因此看中阿胜铺里的首饰从而购买的。

阿胜见事情果然如英二所言，不由得感到又惊喜又奇怪，便打了一壶酒，请英二喝，并询问其中的玄机。两杯酒下肚后，英二对他说，人有个脾性，那就是觉得“被人争夺的东西就是好的”。那些买主看中了某些银饰后缠磨不买，除了因为性格磨叽之外，还因为她们心里不确定这个银饰的价值如何。当有人和她们争之后，她们不仅感到了紧迫感，还会觉得既然有人争，那这饰品一定很有价值，所以就会快速买下。而那些路人，看到有这么多人争买这些饰品，也会觉得这些饰品应该很有价值。有了这种想法在心里，他们看饰品的时候，就会不由自主地高看一眼，所以也会很快买了。

画的价值

从前有个人，认为自己的画非常好——实际上他的画确实非常好，不管画什么，都是栩栩如生，而且颇有风骨和意境。然而就是这样的好画，一直没人赏识，只能卖给左邻右舍，放在家里当装饰，从来没有专业的经纪人赏识过他的画。这位业余画家感到十分不平，也有些迷惑，因为在他看来，那些一卖就卖出几十万元价格的大画家的画根本不如他的，但是人家的画就是有人捧。业余画家怎么想都想不通，忍不住对自己的水平和品位都有了质疑。

为了验证自己的想法，他开始为一个大评论家，同时也是个大画商打零工，想近距离地了解一下“被人承认的艺术是怎么样的”。因为他之前心理上受过打击，因此没敢对任何人说自己也画画，更别提向大画商推荐自己的画作，只是静默无声地一边干活儿一边观察。

业余画家的本意是“消除自己在艺术上的迷惑”，没想到越看越迷惑，因为他实在看不懂那些被人吹捧的大画家的画到底有什么出众之处，迷惑的结果就是信心的彻底丧失。最后他认为自己也许完全不懂艺术，也完全不是搞艺术的料，准备退出了。因为打算退出，所以他也不再对自己会画画的事情讳莫如深。他先对自己的同事玩笑般地说他也画过画，他的同事便叫他把画拿来看看——同事没想到这个穷杂工也会画画，比较好奇，同时也预先认定了他肯定画得一塌糊涂，想看他的笑话。然而等他看到业余画家的画的时候，却惊诧地发觉不错，赶紧把它给老板看。

老板看了画后也觉得不错，便把画拿去推荐，结果这画一下就卖出了高价，业余画家也因此一炮而红。按理说，他终于获得了承认，应该欣喜若狂——他也的确欣喜若狂，但同时也有些幻灭，因为他明白了一件事，那就是他之前一直不成功，只是因为没人捧，和他画得好坏其实没有关系。

奋　进

从前有个叫阿胜的人，他的人生理念是无论何时都要奋进，越是失败就越要奋进。这个理念听起来十分积极，但不知怎么的，他过得就是不如意。有一天，他的一个朋友去看他，他拿出酒菜招待朋友，和朋友聊着聊着就忍不住说起了自己的不如意。

听起来他真是相当不如意。本来，他用早年辛苦劳动攒来的钱开了一家小工厂，结果因为工人大量辞职而无法运转，剩下的工人则要求加工资——他们的要求超过了阿胜可以承受的范围，所以阿胜的工厂就开不下去了。虽然受到如此挫折，阿胜并没有蹉跎，立即谋求其他出路。正巧镇东有个百货店，店主不想开了，想要转让，于是阿胜就把它盘了下来——百货店所在的那条街上的店生意都挺红火的，他觉得自己要是好好干，一定可以把这家百货店搞得非常红火。然而令人意想不到的是，阿胜接手这个百货店不久，这条街就冷清了下来，客流量越来越少，没过多久，他的百货店也干不下去了。

连干两个事业都失败了，阿胜受到的打击可想而知。然而即便如此，阿胜依然没有蹉跎颓废，又是歇都没歇，另找新的出路。正在这时，他听说城东有块荒地没人承包，便想通过搞新型农业来摆脱困境，便过去把地承包了下来，弄大棚来种新鲜蔬菜，结果没想到前不久忽然来了场大风，把大棚都给吹倒了。

说到这里，阿胜显得十分的愤懑和迷惑，说："我一直都没有向挫折低头，也一直没有蹉跎彷徨，每次几乎都是这边失败那边就重新奋起，却依然落得这个下场，你说是不是上天故意妨碍我啊——如果不是上天故意妨碍我，根本就说不通啊！"

朋友一直在认真地听着，之前只是苦笑，听到这里后想了一想，然后小心翼翼地说："其实我不认为这是上天妨碍你，仔细想想，你的这些失败，都是有原因的。"

"啊？"阿胜呆住了。

"你先听我慢慢说，"朋友舔了舔嘴唇说，"你知道你的工厂为什么会倒闭吗？那是因为从市里到镇子，新修了一条公路，在公路的中段，新修了一个商贸城。工人之所以辞职，应该都是去那边打工了。因为他们在那边的工资高，这里的工人才要求加工资，你如果不给他们加工资，他们可以到商贸城去打工。而你的百货店之所以开不下去，也应该是受到了商贸城的冲击——它里面的东西又好又全，刚刚建起来，需要招揽客人，所以定价也不高，再加上交通便利，客人们都去那里买东西去了。原先的商业街失去了优势，客流量自然会少了。而你的大棚蔬菜事业之所以会失败，则是因为气候的原因……不知道你注意到没有，这些年因为气候变化，我们这里的极端天气变多了，经常有大风和大雨，甚至有冰雹。你没有注意到这一点，就贸然搞起大棚来。失败虽然不能说是顺理成章，但也是意料中的事情了吧。"

阿胜听得目瞪口呆。

“所以呀，”朋友叹了口气，“你的问题就是‘太急了’，这边失败那边就急着另找奔头。其实人失败的时候，不妨停一停，最好思考一下为什么会失败以及之后干什么再行动，否则十有八九会做得越多，错得越多。”

能　力

从前有个学生，做事十分保守。他学习成绩一直不错，在高考估分的时候——那时高考还没改革，依然是估分填志愿，估的分并不高，报的志愿也十分保守。别人劝他不必如此，他则是回一句："我心里有数，我应该就能考这个分数。"

他认为自己估得很准，老师和家长却不这么认为——他们自认为很了解这个学生，认为他估分低，是因为没有自信，于是就轮番劝说他，叫他改变志愿，否则如果考了高分（在他们看来那是十有八九的事情），就太可惜了。然而不管他们怎么劝，这位学生就是一口咬定自己就只能考这些，他非常清楚自己。老师和家长苦劝无果，只好作罢，估计分数下来后，这位学生肯定要"悔不当初"。

然而分数下来后，却让老师和家长大跌眼镜——这位学生的分数和他估得只差几分，他填的志愿可以说是最正确的选择。如果按照老师和家长的预估填志愿的话，他绝对会"高不成低不就"，什么大学都上不了了。

有时候，的确是自己最了解自己。当一个人做出过于保守的决定的时候，先别以为他是过度缺乏自信，觉得需要推他一把，因为说不定你一把就把他推沟里去了。

好事成双

从前有一只狐狸，特别喜欢吃葡萄。有一天，它从一棵野葡萄树下经过，发现上面结了一串葡萄，真是一串紫溜溜鲜滴滴的好葡萄啊，光看着就垂涎欲滴。

狐狸想立即爬上去把它摘下来，忽然想起这样的好葡萄，应该配着兔子肉来吃。于是它就去抓兔子，想等抓到兔子后再来摘葡萄。

狐狸搜草丛，钻地洞，终于找到了一只兔子。它叼着兔子兴冲冲地走回葡萄树下，竟然发现葡萄不见了。原来它刚走不久，就来了一只乌鸦，把葡萄都吃了。

如果能好事成双固然是好，但千万不要因为谋求好事成双而让原本可以到手的好事飞了。

等以后……

从前有个女孩叫安，拥有夜莺般的歌喉和天鹅般的舞姿。她梦想成为城里的歌舞皇后，在城里最大的剧院表演，一直为此努力奋斗着，然而想要成为城里的歌舞皇后并不是容易的事情。安努力了很久，却似乎一直都在原地踏步，但是她并没有因此而气馁，而是加倍努力奋斗。

安最喜欢水晶。她远方的叔叔给她带来了一串用七彩水晶串成的项链。它在太阳下可以闪出彩虹般的光芒，配上安青春雪白的皮肤，简直美极了。她非常喜欢这个项链，就把它压在箱子底，想等她成为歌舞皇后之后，登台的时候再戴出来。

然而要成为歌舞皇后，对她这样一个农家女孩，实在是遥不可及的事情。很多年过去了，安变成了一个老太太，再也没有气力唱歌和跳舞了，她依然没能成为歌舞皇后。到现在她才算彻底放弃了自己的梦想，想起自己那串心爱的项链，觉得非常遗憾——那串项链那么美，她又是那么喜欢它，却因为这么多年来一直没有实现自己的梦想，她竟从来没把它戴出来过。

她把项链从箱子底拿出来，小心翼翼地把它戴在脖子上。水晶依然五颜六色，依然透明闪耀，但是她的皮肤已经变得枯

皱干瘪。安隐约想起项链配着她年轻时的皮肤的美丽样子，感到十分怅惘和后悔。老实说，如果她不要总想着成功以后再戴它，而是早早地把它戴出来多好。这样既不辜负她曾经的美丽，也不辜负这条项链。然而一切都已经来不及了。

很多人都想着在成功之后再享受某些美好事物，一部分是怕自己玩物丧志，一部分是觉得成功后享受心情更好、更有意义。但是一般情况下，还是及时地享受身边的美好事物比较好，因为你可能永远都等不来梦想中的成功，或者等来了成功，那原先美好的事物却已经凋谢了。

心　死

从前，有一群人，一起坐一艘海船去旅游，在半路上遇到了暴风雨，连船上最见多识广的老水手都没有见过这么可怕的风浪。虽然是在白天，天空依然黑漆漆的，唯一可以看见的亮光就是天空中不断划过的闪电，风吹得人根本没法在甲板上站立，雨点又大又密，几乎要连成一片，海上掀起了小山般的海浪，大家感觉船一会儿像被抛上山顶，一会儿又像被抛下谷底。

过了一会儿，桅杆被吹断了。大家都绝望了——因为接下来船十有八九会被海浪掀翻，而在这么大的暴风雨里，即便跳出船去，也没人可以存活。因此大家全都放弃了，各自回到自己的房间，把门关上，等待结束的那一刻。

但是有一个人，他不愿意就此放弃。在船翻的前一刻，他跳到了海里，拼命地踩水，保证自己往上浮。之后他摸到了一根被海浪从船身上打下来的桅杆，赶紧用腰带把自己和桅杆捆在一起，同时死死地抱住这个桅杆，无论怎么被海浪冲击都不放手。不知过了多久，他晕过去了，再睁开眼的时候，发现自己被冲上了一个海岛。他就摘野果充饥，坐在海滩上，等待过

路的商船，结果在等了很多天后终于等来一个过路的商船，他就坐上这个商船回到了家乡。而那些认命的人，早已随着被毁的船沉到了海底，永远葬身在那里了。

有时候，心死才最可怕。

过度努力

从前有位歌者，立志想要成为全国顶尖的歌者。为了实现这个梦想，他几乎是夜以继日地练习，生活中的一切都为歌唱事业让路。

在这样拼死拼活地奋斗了十年之后，他终于在国内崭露头角，可以在全国顶尖的剧场演唱，每天都有全国各地的崇拜者给他写信，门口常常被粉丝送来的鲜花堆满。这样的成就很容易令人陶醉，但是歌者并没有如此，因为在他看来，他当年付出了那么多的努力，这样的回报没什么稀奇的，甚至还远远不够，因此他没有松懈，想要更上一层楼，想在国际上获得一席之地。

然而，毫无征兆地，他在舞台上晕倒了。身边的人赶紧把他送到医院，结果医生告诉他，长期劳累，尤其是他长期飙高音，给他的心脏造成了伤害。这次他的病应该可以被治好，但是治好之后他应该不能再像以前那样劳累了，飙高音演唱，估计也要慎之又慎。听了这个之后歌者非常受打击，因为飙高音演唱是他演唱的特色，也是最出众的部分。不让他飙高音演唱，他真不知道自己的事业还能如何继续下去。他没想到自己

加倍努力，得来的却是这么一个结果，他感到十分沮丧、愤懑和幻灭。

为了养病，他去了乡下，住进了一个农村的度假村，每天坐在长满杂草和野花的山坡上发怔。心头愤世嫉俗的感觉不仅没有消退，反而越来越强。他对遇到的每一个人讲述他的悲惨遭遇，所有的人听到后都扼腕叹息，说命运真是对他不公。有了“支持者”之后，他觉得老天是刻意和他作对，不仅难以言喻地愤懑，连生活的希望也要失去了。

有一天，他遇到了一个游走四方的苦行僧。他又对他说起了自己的遭遇，然后问苦行僧，是不是也觉得老天刻意和他作对。然而苦行僧听到他的话后，表情只是淡淡的，然后轻轻地摇了摇头。

“什么？！”歌者觉得难以接受，“难道不是这样吗？”

“不是这样。”苦行僧缓缓地说，“任何一个成功，都只是一个路标，一个起点，并不能保证你之后能一直这样。你在成功后遭遇挫折，其实是很正常的事情。”

“可是！”歌者急了，“我是付出了很大的努力……”

“那也不能保证你一路成功啊，”苦行僧微笑着说，“你在成功后遭遇挫折，没什么特殊的。特殊的是你之前付出了太多努力，并因此伤到了自己。”说着便丢下呆若木鸡的歌者，继续云游去了。

智　慧

从前有个人叫志学。他爸爸教给他两句话，那就是无论遇到什么困难，都不要绕开，因为你越是想逃离困难，困难就越会跟着你。志学乍一下不知道这句话的含义，直到他上高中的时候才理解。

志学本来数学就不好，也不喜欢数学，结果在高中的时候出现了明显的偏科。他通过狠学其他科目来转移注意力，结果虽然其他科目学得都挺好，但是由于数学很不好，依旧把他的总分拉得很低。老师也跟他说，如果高考的时候，他的数学分数低于国家划定的平均分数线，那么即便他其他科目考得再好，他也上不了大学。志学想起爸爸说的话，暗骂自己笨蛋，赶紧努力学数学，虽然真的很困难，但是他还是咬紧牙关，让自己的分数到了中游的水平，之后顺利考上了大学。

因为这件事印证了爸爸的话，所以志学自此把爸爸的话奉为圭臬。

他大学毕业后，就业困难，于是便决定自己创业。他结合自身的情况，开了一家小店。然而开店后小店经营得不好，他想要转行，结果想起了爸爸的话，便想继续努力看看。他一直

努力，却没能把生意做起来，最终还是落了个关店收场，不仅浪费了很多时间和精力，还赔了不少钱。老实说，如果他及时转行，结果十有八九会比现在好很多。

没有任何一种智慧可以应付所有的情况。在运用一种智慧的时候，一定要结合现实的情况。